KB126164

WISHBOOKS GAME FANTASY STORY

Logo: 판렙 플레이어 **17**

비츄 게임 판타지 장편소설

초판 1쇄 찍은 날 | 2019년 8월 13일
초판 1쇄 펴낸 날 | 2019년 8월 21일

지은이 | 비츄
펴낸이 | 예경원

기획 | 위시북스
편집책임 | 이규재
편집 | 위시북스

펴낸곳 | 예원북스
등록번호 | 제396-2012-000132호
등록일자 | 2012. 7. 25
KFN | 제1-454호

주소 | 경기도 고양시 일산동구 호수로 646-24 위너스21Ⅱ빌딩 206A호 (우)10401
전화 | 031-819-9431 팩스 | 031-817-9432
E-mail | yewonbooks@naver.com

ⓒ비츄, 2018

ISBN 979-11-365-0062-5 04810
       979-11-6098-880-2 (set)

※ 파본은 구입하신 서점에서 교환하여 드립니다.
※ 저자와 협의하여 인지를 붙이지 않습니다.
※ 이 책은 예원북스와 저작자의 계약에 의해 출판된 것이므로 무단 전재 및 유포, 공유를
   금합니다.
※ 이 도서의 국립중앙도서관 출판시도서목록(CIP)은 서지정보유통지원시스템 홈페이지
   (http://seoji.go.kr)와 국가자료공동목록시스템(http://www.nl.go.kr/kolisnet)에서
   이용하실 수 있습니다.

17
만렙 플레이어
WISHBOOKS GAME FANTASY STORY
비츄 게임 판타지 장편소설
Wish Books

CONTENTS

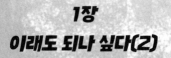

1장
이래도 되나 싶다(2)

한세아에게 알림이 들려왔다.

-루블랑의 유산을 오픈할 수 없습니다.
-루블랑의 유산 오픈에는 특별한 조건이 필요합니다.

그 특별한 조건이 무엇인고 하니.
"달빛 요정들이 사랑을 나눈 징표들이 필요하대."
그런데 이거. 뭔지 대충 알 것 같다.
"오빠. 예전에 오빠가 그랬었잖아."
성좌 퀘스트를 진행해 나가면서, 절대악이 악/마 속성과 관련이 있다면 성좌들은 달빛/신성 속성과 관련이 있는 클래스라고. 예전부터 그것을 언급해 왔었고, 실제로 그렇게 클리어해 왔었다.

한세아가 다시 말했다.

"달빛 요정들이 사랑을 나눈 징표."

"뭔지 알 거 같네."

한주혁이 아이템 두 개를 꺼내 들었다.

<달빛 하모니카>

아름다운 달빛의 요정 세니아의 연인. 루폰테가 항시 몸에 지니고 다니며 불었던 하모니카. 루폰테는 이 하모니카로 세니아에게 사랑을 속삭였다. 질투의 여신 쿠로스의 저주로 인하여 세니아의 피리가 망가졌을 때, 하모니카는 더 이상 소리를 낼 수 없게 되었다고 전해진다. 하모니카를 불기 위하여 특별한 조건이 필요하다.

<달빛 피리-특수 강화>

아름다운 달빛의 요정 세니아가 항시 몸에 지니고 다니며 불었던 피리. 그녀의 모든 감정을 녹여낼 수 있는 피리라고 전해진다. 질투의 여신 쿠로스의 저주를 받기 이전까지 달빛 피리는 아름다운 선율을 연주했으나 저주를 받아 던전에 봉인된 지금은 아무도 피리를 불지 못하게 되었다. 피리를 불기 위하여 달빛의 조각이 필요하다.

이 두 개의 아이템. 혹시 필요할지 몰라 가지고 있었다기보다는, 그냥 버리지 않고 갖고 있던 것에 가까웠다.

한주혁이 아이템 두 개를 건네줬다.

"이거 두 개가 맞겠지."

이미 루블랑의 말에서부터, '적대악'과 성좌는 어느 정도 관련이 있다는 것을 직감한 이후다. 이제는 정말로 확실해졌다.

"그리고 오빠. 또 대박인 건 뭔지 알아?"

"뭔데?"

또 다른 조건이 필요했다.

"악마를 처단한 증거를 가져오래. 그래야 오픈이 된대."

"악마를 처단한 증거?"

"응. 악마에게는 악마를 상징하는 무언가가 있대. 그것을 사용하면 악마를 소환할 수 있다는데?"

한주혁이 어이없다는 듯 웃었다.

'악마를 처단한 증거라면⋯⋯.'

혹시.

"이거?"

한주혁이 또 다른 아이템을 꺼내 들었다.

<마족의 뿔>

마족 가든의 정수리에 돋아나 있던 뿔입니다. 이 뿔을 사용하면 마족 가든에게 연락을 취할 수 있고 소환을 할 수 있습니다.

한세아도 활짝 웃었다.

"역시 이거잖아. 그렇지?"

달빛 피리. 달빛 하모니카. 거기에 더해 마족의 뿔까지.

"아니. 이거 오빠 맞춤형 퀘스트야? 이거 적대악 퀘스트 아니었어?"

"음. 그렇지……?"

"진짜 이래도 되나 싶네."

"나도 이래도 되나 싶다."

이 퀘스트의 출발은 적대악 퀘스트였다. 다시 말해 절대악을 처단하기 위한 퀘스트이자 절대악에 대항하는 플레이어를 키우기 위한 퀘스트다. 그런데 이래도 되나 싶다.

"뭐 아무럼 어때. 오빠가 성좌 퀘스트부터 싹쓸이해 온 보람이 있었네."

한세아는 재미있다는 듯 킥킥대고 웃었다.

"근데 만약에 성좌들이 그런 등신들이 아니었으면 오빠도 위험했을지도 모르겠네?"

그럴 수도 있다.

"그것도 웃긴 거지. 한국 성좌들의 대부분이 한 핏줄로 이어져 있다니. 그렇게 허접한데."

원래는 아니었다. 그런데 어느 순간부터 태르민 일가가 독점했다. 정체를 알 수 없는 6번 성좌, 그리고 7번 성좌인 한세아를 제외한 나머지 5개의 성좌는 전부 태르민과 연관이 있었다.

"맞아. 유리아는 뭐 부모도 실력이라고 헛소리나 지껄이다가 오빠한테 탈탈 털리고."

한주혁이 어깨를 으쓱했다. 이제는 기억도 잘 안 난다.

한세아가 쉴 새 없이 말을 이었다.

"하여튼 다 능력도 없는 바보들이고, 오빠한테 다 빼앗겼잖아. 이것도 사실은 성좌 중에 한 명이 먹었어야 해. 왜냐하면."

그 이유는 간단했다.

"루블랑의 유산 필드를 열기 위해서는 성좌의 자격까지도 필요하거든."

결론적으로 말하자면.

"원래 절대악을 처치하기 위한 힘들도 오빠가 다 먹는 거지."

시나리오가 재미있게 흘러갔다. 물론 한주혁에게만 재미있고 성좌들에게는 재미없는 형태로.

한세아에게 알림이 들려왔다.

-모든 조건이 구비되었습니다.

-'루블랑의 유산'을 열기 위하여 '달빛 피리', '달빛 하모니카', '마족의 뿔'이 소모됩니다.

-소모된 아이템은 복구되지 않습니다.

한세아는 다시 한번 확인했다.

"음. 데미안의 뿔 아니고 가든의 뿔 맞지?"

이건 중요한 문제다. 마족 데미안은 한주혁이 현재 사용할 수 있는 거의 마지막 패다. 그 패를 실수로 없앨 수는 없으니, 다시 한번 확인했다. 가든의 뿔이 맞았다.

"이거 사용하면 가든을 소환할 수 있는 마족의 뿔은 완전히 없어져. 괜찮지?"

"어. 괜찮아."

조금 아쉽기는 하지만 괜찮았다. 알림이 들려왔다.

-10초 뒤 '루블랑의 유산' 필드가 오픈됩니다.

한주혁과 한세아는 같은 풍경을 보았다. 한세아가 물었다.

"내가 잘못 보고 있는 거 아니지?"

"똑바로 보고 있는 게 맞아."

"내 몸이 안 보이는데?"

"나도 내 몸 안 보여."

한세아는 꿈을 꾸고 있는 것 같은 기분이 들었다. 마치 하늘에 떠 있는 것 같았다. 자신이 하늘에 떠 있고 하늘에서 아래를 내려다보고는 있는데, 자신이 느껴지지 않았다. 마치 꿈속에서, 제3자의 시선으로 풍경을 내려다보고 있는 것 같았다.

한주혁은 주변을 둘러봤다. 몸은 보이지 않았지만 의식은 존재했다.

'특별히 위험요소는 없는 것 같고.'

이를테면 게임 속 튜토리얼이나 소설 속 프롤로그 같은 느낌이었다. 저만치 아래. 땅은 굉장히 넓었다. 광야라고 보면 됐다. 하늘에서 내려다봐도, 끝이 보이지 않는 넓은 광야.

"오빠. 저기 봐."

한세아가 지평선 끝을 가리켰다. 그곳에서 먼지가 자욱하게 일고 있었다. 아주 멀리서 두두두두- 하는 소리도 들려왔다.

"무슨 소리지?"

"글쎄."

보이지는 않았다.

'반대편에서도 비슷한 소리가 들린다.'

광역 탐지를 사용한다면 보다 정확히 알 수 있겠지만 현재는 절대악으로서의 힘을 쓰고 있지 않은 상황.

'뭐지?'

시간이 흘렀다.

'보인다.'

조금씩. 양쪽 지평선 끝에서 무언가가 보이기 시작했다.

'검은색 그리고. 흰색.'

더 정확히 말하자면 검은색으로 뒤덮인 군대가 보였다. 맨 앞에 기병대가 흑마를 타고서, 흑색 갑옷과 흑색 창을 들고 달리고 있었다. 그 뒤를, 검은색 계통의 가벼운 무장을 한 보병들이 넓게 진을 펼치며 이쪽을 향해 달려오고 있었다.

반대편 지평선 끝에서는 백마를 타고서, 백색 갑옷과 백색 창의 기마대가. 그리고 그 뒤를 백색 보병대가 따라 달리고 있는 상황.

알림이 들려왔다.

-흑과 백. 선과 악의 전쟁이 시작되었습니다.

한주혁이 알림에 귀를 기울였다.

'몬스터를 잡는…… 단순 퀘스트는 아냐.'

그런 형태의 던전은 아닌 것 같다. 전체적인 시나리오와 관련이 있을 것이 분명한 '루블랑의 유산'이다. 내레이션과 비슷한 이 알림 하나하나에 단서가 있을 것이 틀림없었다.

'루블랑의 유산은…….'

루블랑의 진전을 이은 자가 이어받을 수 있다.

'루블랑의 목표는 간단했어.'

200년 뒤. 세상을 어지럽히는 강력한 힘. 루블랑의 표현을 빌리자면 '절대악'을 처단할 수 있는 후인을 양성하는 것.

'그렇다면 이곳은……!'

대략적으로 알 것 같았다. 조금만 더 지켜보기로 했다.

한세아가 물었다.

"오빠. 뭐 좀 알아냈어?"

느낌을 보아하니 오빠가 또 뭔가 알아낸 거 같다. 지능이 높아서인 건지, 아니면 게임 센스가 워낙에 탁월한 건지.

하여튼 알림이든 뭐든 아주 작은 단서만 주어지면 그걸로 미친 듯이 클리어를 해나가는 오빠 아닌가.

"전체적인 시나리오. 그 맥락을 살펴보면 어렵지 않을 것 같아."

한세아가 고개를 끄덕였다. 이제는 안다. 저 오빠가 '어렵지 않다'고 표현하는 것과 일반 사람들이 '어렵지 않다'고 표현하는 것의 개념은 완전히 다르다. 정말 완전히 다른 개념이다.

그 개념의 차이를 이해하고 있는 한세아는 딱히 딴지를 걸지 않았다. 애초에 오빠는 일반적인 상식의 플레이어가 아니니까.

"나는 잘 모르겠어. 뭐야?"

"루블랑의 목표는 전쟁을 끝내는 거야."

물론, 루블랑이 생각하는 '적대악'이 이기는 방향으로.

"그렇다면 그의 유산을 이어받을 수 있는 자격은."

"전쟁을 끝내야 한다고?"

"맞아."

한세아는 두 눈을 끔뻑거렸다.

"내가 숫자는 잘 모르겠는데……. 그냥 대충 봐도 수백만은 넘을 거 같은데……."

도무지 끝이 보이지 않는 광야를 완전히 뒤덮었다. 흑과 백의 군대. 한세아는 이렇게 많은 수의 사람을 처음 본다. 예전에 오빠가 10만의 플레이어들을 학살한 적이 있었는데, 그것과는 비교도 안 될 정도로 거대한 규모의 군단이었다.

"저걸 멈춰야 한다고?"

"어. 쉽지."

"……."

한세아는 할 말을 잃었다. 쉽단다.

'그래. 뭐.'

오빠한테는 쉽겠지. 그러니까 절대악이지. 역시 이래야 내 오빠지.

"곧 부딪치겠어."

진군하는 속도가 굉장히 빨랐다. 흑색의 군단. 그리고 백색의 군단. 둘 사이의 거리가 점점 좁혀졌다.

-전쟁을 종식시킬 수 있는 위대한 힘이 필요합니다.

-위대한 힘이 곧 '전쟁의 완전 종식'을 의미하지는 않습니다.

-성스러운 군대. 백색의 군대. 세인트 군단의 마스터가 도달할 때까지의 시간을 벌 수 있다면, 이 끔찍한 전쟁을 끝낼 수 있을 것입니다.

-악마의 군대. 흑색의 군대. 데블 군단은 세인트 군단의 마스터를 두려워합니다.

대략적인 설정은 알겠다. 지금 백색 군단과 흑색 군단이 부딪치기 일보 직전. 현재로서는 흑색 군단이 더 강하다. 그러나 백색 군단의 누군가가 나타나면 상황이 역전된다.

그때까지 시간을 벌어주는 것을 곧 '전쟁을 종식시킬 수 있는 위대한 힘'이라고 판단하는 것 같았다.

'그렇단 말이지.'

한주혁이 씨익 웃었다.

'별거 아니네.'

수백만? 수천만? 혹은 그 이상의 대군단? 상관없었다.

"뭐가 어찌 됐든 멈추면 되잖아."

그래서 사용하기로 했다.

-스킬. '달빛의 연인'을 사용하시겠습니까?

처음부터 이 '루블랑의 유산'은 성좌가 아니면 받을 수 없도록, 치밀하게(?) 짜여져 있는 연계 시나리오 퀘스트였다.

루폰테의 목걸이는 세계 12대 초인의 아이템이자 달빛의 요정이었던 '루폰테'가 사용했던 아이템이다.

<특수 능력>

1) 1회에 한하여 모든 악/마 속성 개체에게 무조건적인 석

화 발동.(단, 대상 개체의 능력에 따라 석화 지속시간 결정되며 최소 보장 석화 시간은 1초.)

2) 신급 이하의 모든 석화 마법에 대한 강력한 저항.

3) 세트 스킬 '달빛의 연인' 사용 가능.

한주혁이 사용한 '달빛의 연인'이 바로 루폰테의 목걸이에 내재되어 있는 세 번째 스킬. 루폰테의 목걸이와 성검 세니아가 합쳐졌을 때에 발동하는 세트 스킬. 모든 M/P를 소모하여 두 가지 효과를 발생시키는 스킬이다.

-전투 중: 10분간 전투 중지.

-비전투 중: 모든 마법/스킬효과 해제.

쿨타임이 24시간이기는 했지만 크게 의미가 있는 것은 아니었다. 달빛의 연인 효과가 '루블랑의 필드'에 적용되기 시작했다.

-달빛의 연인 효과가 적용됩니다.

-전투가 중지됩니다.

거짓말처럼 백색 군대와 흑색 군대가 멈췄다. 한세아가 말했다.

"와…… 나 그 스킬 완전히 잊고 있었어."

아이템을 사용하는 건 누구나 할 수 있다. 그러나 적재적소에 필요한 아이템을 적절히 사용하는 것은 어렵다.

"나 오빠한테 존경을 좀 표해도 돼?"

그럴 수밖에 없었다. '루블랑의 유산' 필드의 클리어 조건이 클리어되었다는 알림이 들려왔으니까.

-축하합니다!

-전쟁을 종식시킬 수 있는 위대한 힘. 그 힘의 씨앗을 확인합니다.

한세아의 '이오빠가내오빠다'로서의 본능이 꿈틀거렸다.

'대박이다. 진짜.'

이렇게 쉽게 클리어할 수 있을지 몰랐다. 저만큼의 군대를 멈춰야 한다는 그 사실에.

'나는 진짜 머릿속이 하얗게 변하던데.'

명실공히 세계 탑 랭커. 1악인 절대악다운 것 같다. 새삼스레 오빠에게 감탄하고 있는 그 와중에 알림이 이어졌다.

-스탯을 확인합니다.

-스탯이 너무 낮습니다.

-루블랑의 진전을 이을 자격이 없습니다.

한세아는 인상을 찡그렸다.

"오빠. 난 스탯이 구려서 자격이 안 되나 봐. 오빠는?"

그런데 오빠의 표정이 조금 이상했다.

"응? 오빠……? 왜 그래?"

2장
세인트 가드

한주혁에게도 알림이 들려왔다.

-스탯을 확인합니다.
-최소 스탯은 120입니다.
-권장 스탯은 150입니다.

한주혁이 알림에 귀를 기울였다. 권장 스탯이 150이란다.
'내 스탯 150 넘잖아?'
기본 스탯이 120이다. 거기에 각종 효과가 붙는다.

-권장 스탯을 만족하였습니다.
-'루블랑의 유산' 클리어 보상이 주어집니다.

현재 이곳의 인원은 두 명. 다시 말해, 루블랑의 유산을 클리어하기 위하여 들어온 인원은 두 명이다.

-'루블랑의 유산' 클리어 조건을 만족한 플레이어는 한 명입니다.
-'루블랑의 유산' 클리어 조건을 만족한 플레이어에게 보상이 독점적으로 주어집니다.
-독점 보상의 경우, '루블랑의 유산' 필드에 존재하는 플레이어가 1명인 경우에 한합니다.

그래서 말했다.
"야. 너 좀 죽어줘야겠다."
"……나?"
보상 조건을 만족한 사람은 한 명인데, 이곳에 플레이어가 한 명만 있어야 보상이 온전히 주어진단다.
"오, 오빠. 잠깐!"
이 오빠, 가차 없다. 표정이 조금 이상하다 싶더라니.
이리 보고 저리 봐도, 누가 봐도 친남매다. 이럴 땐 세송이가 좀 부럽다. 한세아가 황급히 말했다.
"나 여기서 강제탈출할 수 있어!"
"아. 그래?"
"어. 지금 나갈 거야."

"오키."

"아니. 무슨 세계의 영웅이 이래?"

세계의 영웅이고 뭐고. 친오빠는 친오빠인 거 같다. 인정사정 안 봐준다. 생명의 위협을 느낀 3강 한세아는 '루블랑의 유산'에서 빠져나왔다. 덕분에 한주혁에게 보상이 독점적으로 주어졌다.

-'루블랑의 유산'이 주어집니다.

-'루블랑의 유산'이 인벤토리에 귀속되었습니다.

도대체 뭐가 얼마나 대단하길래 이렇게 번거롭게 얻을 수 있게 해놨는지 모르겠다. 한주혁이 바로 인벤토리를 열었다.

'인벤토리.'

<루블랑의 유산>

위대한 잠재력을 가진 이에게, 루블랑이 남긴 최후의 마법서입니다. 최후의 마법서인 이 유산은 사용과 동시에 사라지는 1회성 마법서입니다.

'스크롤이라는 얘기네.'

스크롤이라고 표현하면 될 걸 굉장히 길게 표현했다.

'상세설명도 없고.'

정확하게 뭔지는 모르겠다.

'일단 써볼까?'

뭔지는 몰라도 굉장히 좋은 것임에는 틀림없다.

-'루블랑의 유산'을 사용하시겠습니까?

-한 번 사용한 '루블랑의 유산'은 복구되지 않습니다.

고민은 길지 않았다. 바로 사용했다.

-'루블랑의 유산'을 사용하였습니다.

한주혁의 몸에서 하얀 빛이 새어나왔다. 이펙트 자체는 그렇게 화려하지 않았다.

'어……? 뭐야?'

그러나 느껴지는 힘은 달랐다. 심안 등의 기술이 없어서 정확하게 파악할 수는 없지만 강렬한 마나의 힘이 느껴졌다.

'마나 흐름은……. 촉감으로는 잘 못 느끼는데.'

오감 중 그나마 마나 흐름을 확인할 수 있는 게 시각이다. 그 외에는 마나의 흐름을 파악하기가 어렵다. 그런데 지금 강렬한 마나의 소용돌이가 느껴졌다.

'내 몸에서…….'

마치 마나의 폭풍이 불어닥치는 것 같았다.

-'루블랑의 유산'이 플레이어의 몸에 강력한 영향을 끼칩니다.

한주혁이 심장을 부여잡았다.

"억……!"

끔찍한 통증이 피어올랐다. 무언가 알 수 없는 것이 심장을 옥죄는 것 같았다.

쿵! 쿵! 쿵! 쿵!

심장박동이 느껴질 때마다, 가슴이 터져나갈 것만 같았다.

"크헉."

한주혁은 가슴을 부여잡고 쓰러졌다.

-'달빛의 연인' 유효시간이 5분 남았습니다.

전투는 여전히 소강상태. 주변은 고요했다. 수백만이 넘는 군대가 몰려 있다는 것을 실감할 수 없을 만큼.

한주혁의 귀에 들리는 소리라곤.

쿵! 쿵! 쿵! 쿵!

미친 듯이 뛰어대는 자신의 심장 소리밖에 없었다.

'제기랄……!'

도대체 뭐가 어떻게 돌아가는 건지 모르겠다. 루블랑의 유산이 적용되기는 했는데 이대로 두면 죽어버릴 것 같다. H/P를 확인했는데, 일반 플레이어들에 비하면 무한에 가까운 H/P가 계속해서 떨어져 내리고 있었다.

이를 악물었다.

'파천심공을…… 꺼내야 하나.'

버티기 힘들었다. 루블랑의 유산은 어디까지나 성좌 퀘스트의 연장선인 만큼 일부러 절대악으로서의 힘은 꺼내 쓰지 않고 있었는데. 안 쓰면 안 될 것 같다.

'조금만 더…….'

아주 조금만 더 버텨보기로 했다.

"크으윽!"

몸이 조금씩 보이기 시작했다. 존재하지만 눈으로 보이지 않는, 제3자가 되어 풍경을 보고 있었는데 상황이 조금씩 달라졌다. 주위는 여전히 고요했다. 군대는 일시정지가 걸린 화면처럼, 그냥 가만히 있기만 했다.

한주혁의 몸이 조금씩 형태를 갖추면서, 알림이 들려왔다.

-신체 재구성이 진행됩니다.

-신체에 놀라운 변화가 이루어집니다.

한주혁의 몸이 거의 형태를 갖추었다. 아직까지는 반투명하기는 했지만, 그래도 이제 사람이라고 볼 수 있을 정도.

백마에 위에 올라앉아 백색 갑옷을 입고 있는, 기사라 짐작되는 남자 하나가 말했다.

"우리들의 마스터. 그분께서 오고 계시다."

한주혁은 직감했다.

'그분?'

그러고 보니 맨 처음에 저들이 누군가를 기다린다고 했었다. 알림에 따르자면.

-성스러운 군대. 백색의 군대. 세인트 군단의 마스터가 도달할 때까지의 시간을 벌 수 있다면, 이 끔찍한 전쟁을 끝낼 수 있을 것입니다.

라고 했었다.

'근데 그게 나였어?'

그게 결국 자신인 것 같았다. 이 퀘스트의 시나리오에 따르자면, 아무래도 그게 맞는 것 같다.

-신체 재구성이 완료되었습니다.

-'루블랑의 진전'을 완전히 이어받는 데에 성공하였습니다.

루블랑의 진전을 처음 받았을 때 스탯의 추가가 있었다. 레벨업으로 치면 300레벨업을 넘게 했다. 그런데 그때는 맛보기였다.

진전을 완전히 이어받게 되자.

-초인의 영역에 들어설 기회를 얻습니다.

한주혁을 괴롭히던 통증이 갑자기 사라졌다. 한주혁이 눈을 크게 떴다.

'초인?'

초인이라는 말. 예전부터 많이 들어왔었다.

'세계 12대 초인.'

적대악. 그리고 성좌들에게 필요한 아이템이 바로 레전드급 아이템인 '세계 12대 초인'의 아이템들이다.

'그리고.'

이전에도 아이템을 얻었었다. '도약의 비약'을 얻었을 때. 설명에 '초인'과 관련된 내용이 있었다.

<도약의 비약>
초인의 영역에 들어서기 위하여 인간은 고대로부터 수많은 수련을 거듭해야만 했습니다. 대마법사 레프리는 고도의 인내력, 끝을 알 수 없는 정신력, 인간의 한계를 초월한 육체 능력을 얻기 위한 연구를 진행하였습니다.

50년이 넘는 연구 끝에 탄생한 혁신적인 아이템이 바로 이 도약의 비약입니다. 대마법사 레프리는 50년 만에 이 비약을 완성시켰으나 완성시킨 직후 심장마비로 급사하였습니다. 안타깝게도 도약의 비약의 제조법은 알려져 있지 않습니다.

'그러니까……'

플레이어들에게는 전혀 알려져 있지 않은 새로운 영역. 그 영역이 바로 '초인'이라는 얘기다. 이제 좀 확실히 알겠다.

'아이템 설명에서의 인간들이란 곧……'

이 세계의 인간들. 다시 말해 NPC들을 뜻하는 것일 터. NPC들은 이미 고대부터 초인의 영역을 알고 있었으며, 초인의 영역에 들어가기 위하여 많은 노력을 기울여 왔다는 뜻이 된다.

'결국 제국에는 초인이 여럿 존재할 수 있다는 얘기가 되겠지.'

현시대의 대마법사도 아니고, 200년 전 대마법사인 루블랑이, 20배 강력해진 자신의 파이어볼을 어렵지 않게 막아냈다. 고위마법이 아닌, 기본마법 파이어볼이라고 할지라도. 그래도 20배나 되는 강력한 마법이었는데 그걸 큰 힘의 소모 없이 막아냈던 거다.

'재미있네.'

단순히 루블랑의 유산을 이어받는 것에 그치지 않고, 제국과 NPC들의 힘에 대하여. 그리고 새로운 영역에 대한 정보를 얻기까지 했다. 아주 오래전 얻었던 아이템에도, 미래에 대한 힌트가 숨어 있었던 셈이다.

-루블랑의 유산 적용으로 인하여 '세인트 마나 컨트롤'이 생성됩니다.

그게 무엇인고 하니.

'마법사판 파천심공?'

절대악에게 파천심공이 있다면, 적대악에게는 세인트 마나 컨트롤이 있는 셈이다.

"이야."

절대악의 근간을 이루는 심공이 파천심공이다. 모든 스킬과 힘이 이 파천심공을 통해 발산된다. 세인트 마나 컨트롤도 마찬가지였다. 이 스킬을 활용하면 마법의 크기, 세기까지도 조절이 가능해졌다.

'마치…… NPC와 비슷한 힘을 낼 수 있는 것 같네.'

같은 파이어볼이라고 해도 NPC들은 그 크기와 데미지, 효과 등을 조절할 수 있다. 그러나 플레이어들은 그게 불가능하다.

설정상 NPC들은 마법 자체를 이해하고 쓰는, 진정한 의미의 마법사고 플레이어들은 그저 스킬을 사용할 뿐이니까. 이를테면 계산기 같은 거다. 숫자판(스킬버튼)을 누르면 스킬이 튀어나가는.

'내 마나 능력에 따라 자유로이 조절이 가능해?'

파이어볼을 떠올려 봤다. 머릿속으로 저절로 이미지가 그려졌다.

'헉.'

지름 약 500미터에 가까운 거대한 파이어볼이 연상됐다. 거짓말 조금 보태서, 태양이 눈앞에 있는 것 같은 느낌이었다.

'지금…… 내가 이걸 할 수 있다고?'

3층성이 이 광경을 봤다면 이렇게 표현했을 것이다. 자. 여러분은 지금. 파이어볼이 헬파이어가 되는 기적의 형렐루야 광경을 보고 계십니다. 다 같이 외칩시다. 형렐루야. 형멘.

'우와.'

이건 진짜 대마법사 NPC와 다를 것이 없지 않은가. 기초적인 마법을 이렇게까지 키울 수 있다니. 이 세상에 존재하는 그 어떤 최상위급 마법사 랭커라도 불가능했다.

이건 마법의 제대로 이해하고 사용하는 NPC들만 가능한 영역의 일이다.

거기서 끝이 아니었다.

-스킬. '초인의 영역-1'을 사용할 수 있습니다.

바로 스킬창을 열어 확인해 봤다.

<초인의 영역-1>

일시적으로 초인의 영역에 들어섭니다.

(1) 공격속도/이동속도 가 1.5배만큼 증가합니다.

(2) 물리 공격력/물리 방어력이 2배만큼 증가합니다.

(3) HP/MP 절대량이 3배만큼 증가합니다.

(4) 비물리 공격력/비물리 저항력이 4배만큼 증가합니다.

(5) '초인의 영역'을 제외한 모든 스킬의 쿨타임이 1/5로 감소합니다.

소모 M/P: 100/s

쿨타임: 24시간

알림이 또 들려왔다.

-'달빛의 연인' 유효시간이 3분 남았습니다.

그 알림에 집중하지 못했다.

'이 스킬…… 뭐냐?'

일시적으로 초인의 영역에 들어서는 스킬. 또 느낌이 왔다.

'초인의 영역-1이면…….'

이거 느낌을 보아하니.

'초인의 영역-2도 있을 거 같고.'

어쩌면 그 이상이 있을 수도 있다. 성좌들이 만약 정말 제대로 된 놈들이었고, 그들이 성좌 퀘스트를 잘 클리어해 왔다면.

'진짜로 나도 위험해질 수도 있었겠어.'

초인의 영역. 이 스킬을 만약 세아급의 마법사가 얻는다면,

그런데 그 마법사가 적이라면 굉장히 피곤해질 수 있다. 모든 능력치가 비약적으로 증가하는 스킬. 심지어 비물리 공격력과 저항력이 4배만큼 증가한다.

'4배라.'

초당 100의 M/P를 사용해서 4배나 강력한, 말하자면 300퍼센트만큼의 추가 데미지가 들어가는 마법을 사용할 수 있다는 뜻 아닌가.

루블랑의 유산은 여기서 끝나지 않았다.

-'루블랑의 유산'에 의하여 스킬. '세인트 홀'이 생성됩니다.

다른 알림도 들려왔다.

-달빛의 연인 유효 시간이 1분 남았습니다.

한주혁이 '세인트 홀'의 내용을 살펴봤다. 그 내용을 살펴본 한주혁이, 저도 모르게 입술을 축였다. 저도 모르는 사이 입술이 바짝 메말라 있었다.

-달빛의 연인 유효시간이 30초 남았습니다.

설명을 다 살펴봤을 때, 또다시 알림이 이어졌다.

-달빛의 연인 유효시간이 10초 남았습니다.

-달빛의 연인 유효시간이 끝났습니다.

-'흑과 백의 전쟁'이 다시 시작됩니다.

우렁찬 목소리가 들려왔다.

"우리들의 마스터! 세인트 가드께서. 그분께서 모습을 드러내셨다!"

백색의 갑옷을 입은 수많은 군사들이 백색 창을 하늘 높이 들어 올렸다.

"와아!"

함성이 터져 나왔다.

"그분께서 오셨다!"

"세인트 가드께서 강림하셨다!"

"악에게는 오직 멸망뿐."

그들의 시선은 한주혁을 향하고 있었다.

-위대한 힘을 사용하여 '흑과 백의 전쟁'을 종식시키십시오.

-'흑과 백의 전쟁'을 끝내지 못하면 '루블랑의 유산'은 회수됩니다.

못해도 수백만의 군대가 앞에 있다. 이 군대와의 전쟁을 끝내지 못하면 방금 얻은, 이 사기적인 보상들을 포기해야 한단다.

'그럴 수는 없지.'

한주혁이 몸을 일으켰다. 씨익 웃었다.

"오래 기다렸다. 제군들."

사실 세인트 가드가 뭔지도 잘 모르지만 일단 냅다 던졌다.

"내가 바로 세인트 가드다."

그 말에 백색 군사들이 더욱더 큰 함성을 내질렀다.

"세인트 가드께서 우리와 함께하신다!"

창을 들고 있는 수많은 군사들이.

쿵!

하고 창을 땅에 내리꽂았다. 그들의 기세는 하늘을 뚫을 것만 같았다. 사기가 치솟았다.

그들의 대장격. 백색 갑옷을 입고 선두에 선 남자가 말했다.

"너희. 악마의 무리들아. 너희를 엄하게 다스리실 우리의 마스터를 보아라."

반대로 흑색 갑옷을 입고 흑색 진영의 선두에 선 남자는 투구의 얼굴 가리개를 들어 올렸다. 한주혁이 그 얼굴을 봤다.

'사람은 아니네.'

전체적으로 인간 군대의 형상을 하고 있지만 인간들은 아니었다. 이 '루블랑의 유산'에 맞추어 설정된 가상의 존재들인 것 같다. 그도 그럴 것이 얼굴 가리개 속은 텅 비어 있었다. 그냥 검은색이었다.

"아주 더러운 기운을 풍기는구나."

"……."

"세인트 가드. 내 너처럼 더러운 기운을 풍기는 놈을 본 적이 없도다."

말 그대로 일촉즉발. 흑색 군대와 백색 군대는 약 5미터의 거리를 두고서, 당장에라도 부딪칠 것만 같은 기세를 피워 올렸다.

백색 군대의 군사들이 흥분했다.

"무엄하다!"

"세인트 가드시여! 저 더러운 주둥이를 찢어버리소서!"

흑색 군대의 군사들은 그런 백색 군사들. 그리고 한주혁을 조롱했다.

"천박하고 약한 위선자들아. 세인트 가드도 곧 발가벗겨져서 시장통을 걸어 다니게 될 것이다!"

한주혁이 피식 웃었다.

'그냥 콱.'

절대악으로서의 힘을 사용하면 저들을 쉽게 무릎 꿇릴 수 있을 것 같다. 그에게는 '악' 성향에 대해 절대적인 우위를 가지는 위압 스킬과 절대악 호칭이 있었으니까.

'그러면 안 되겠지?'

이곳은 그러라고 있는 필드가 아니다. 성좌 연계 퀘스트다.

'새로운 힘을 시험해 볼 겸.'

그래서 한 번 사용해 보기로 했다.

-스킬. '초인의 영역-1'을 사용합니다.
-'초인의 영역-1'을 사용하면 초당 100의 M/P가 소모됩니다.

한주혁의 몸에서 하얀색 오오라가 피어오르기 시작했다. 단순히 마나가 들끓는 것과는 느낌이 달랐다. 하얀색 아지랑이.

흑색 갑옷을 입은 기사들. 그들의 흑마가 아우성치기 시작했다.

이히히히히히힝-!

흑마들이 공포에 질린 것 같았다. 기사들이 어떻게든 말들을 진정시키려 애썼다.

"워! 워!"

몇몇은 땅에 굴러떨어졌다. 단순히 기세를 내뿜었을 뿐인데도 그랬다.

-일시적으로 초인의 영역에 진입합니다.

초당 100의 M/P 소모. 일반 플레이어들이라면 감당할 수 없는 M/P 소모량이다. 만약 한주혁이 정말로 그냥 평범한 '적대악' 플레이어였다면 이 스킬은 사용하지도 못했다. 그러나 그는 평범한 적대악이 아니지 않은가.

절대악으로 인해 이미 일반적인 플레이어의 영역을 훨씬 넘어섰다. 그 절대악이 적대악의 힘을 사용했다.

'여기에 세인트 홀까지 한번 써보자.'

늘 그렇듯. 새로운 능력과 스킬을 사용해 보는 건 재미있다. 고수가 되었든 초보가 되었든. 뭔가 얻어서 써보는 건 즐거운 일이다. 게임은 그런 맛으로 하는 것 아니겠는가.

흑색 갑옷을 입은 남자가 소리쳤다.

"어림없다!"

뭔가 큰 기술을 준비하는 것처럼 보였다. 세인트 가드. 저놈을 죽여야겠다고 생각했다. 빨리 죽여야 저쪽의 사기가 죽을 거다.

"허점투성이군."

그가 검은색 창을 한주혁을 향해 집어 던졌다. 그 창에는 흑색 마나가 일렁거렸다. 창이 회전하기 시작했다. 점점 더 맹렬하게. 마치 창이 검은색 회오리로 둘러싸인 것 같았다.

'오.'

크기나 형태를 보아하니.

'마성격이 쓰는 마창이랑 비슷하네.'

다만 차이가 있다면 마성격은 공격받은 것을 수십 배로 화답(?)하는 광범위 초대형 공격을 쏟아내는 대단위 공격이라는 것이고, 저 기사는 단발성 공격이라는 것.

'맞아도 안 아플 거 같은데.'

절대악으로서 힘을 쓰고 있지 않다. 악 속성에 대한 절대적 우위를 갖고 있지 않은 상황이다. 하지만 그냥 몸뚱이로 맞아도 괜찮을 것 같다.

일단 스킬을 써봤다.

-스킬. '세인트 홀'을 사용합니다.
-스킬. '세인트 마나 컨트롤'을 사용합니다.
-스킬. '세인트 홀'의 적용 범위를 설정합니다.

의식하지 않아도 자연스럽게, 아까 파이어볼의 이미지를 머릿속에 구현한 것처럼 세인트 홀의 범위가 그려졌다.

-'세인트 홀'의 적용 범위 설정이 완료되었습니다.

머릿속으로 계산하는 과정이 없었다. NPC들은 수많은 마법 연산을 거친다고 했는데 한주혁은 그런 과정을 전부 생략했다.

'이 정도면 NPC들보다 훨씬 빠른 것 같은데.'

굳이 비유하자면 가정용 계산기와 컴퓨터의 연산능력 차이랄까.

-스킬. '세인트 홀'이 적대세력을 확인합니다.
-스킬. '세인트 홀'이 악 속성 개체를 흡수하기 시작합니다.

허공에 무언가가 생겼다. 하얀색 거대한 구체였다. 검은색 갑옷을 입은 남자가 자신만만하게 외쳤다.

"잘 보거라. 너희들의 마스터. 세인트 가드가 나의 마창에 갈가리 찢겨져 나가는 것을!"

한주혁이 다시 한번 피식 웃었다. 명백한 비웃음이었다.

"저거 안 보이냐?"

이게 고수와 하수의 차이다. 고수는 여러 상황을 한꺼번에 살핀다. 하수는 딱 한 가지 상황밖에 못 본다. 여유가 없으니까.

"갈가리 찢겨지기는 했네."

갈가리 찢겨져 나가기는 했다.

"네 마창이."

보니까 별거 아니다. 하늘에 생겨난 거대한 하얀색 구체. 그 것은 마치 하얀색 블랙홀처럼 검은색 군사들을 빨아들이기 시작했다.

"으, 으아아아아악!"

뒤편에 있는, 비교적 수준이 낮은 군사들이 빙글빙글 돌며 구체로 빨려 들어갔다.

하얀색 갑옷을 입은 남자가 크게 웃었다.

"이것이 바로! 우리들의 마스터! 세인트 가드의 힘이다!"

함성이 터져 나왔다.

"우와아아아아아아아!"

백색 군사들에게는 그 어떠한 영향도 없었다. 세인트 홀은 미친 듯이 흑색 군사들을 빨아들였다. 마치 먼지를 빨아들이는 진공청소기 같았다.

스킬을 사용한 한주혁도 놀랐다.

'와. 이거……'

적어도 악 속성을 상대로 해서는.

'아수라파천무보다 더 셀 거 같은데.'

단순 데미지가 더 센 것까지는 모르겠다. 데미지 자체는 아수라파천무가 더 강할 것 같다. 그러나 '더 많은 개체'를 상대로 할 때는 세인트 홀이 더 유리할 것 같다.

아주 강력한 단일 개체를 상대로 한다기보다는, 적당한 수준의 수많은 개체들을 한 번에 몰살하는 괴물 같은 능력을 가진 스킬이었다.

'적대악 이거…… 진짜네.'

스스로 감탄했다. 이건 진짜였다.

'진짜로 절대악을 상대하기 위해서 키우는 클래스.'

한주혁은 사소한 단서도 놓치지 않았다.

'나는 200년 전 대마도사 루블랑으로부터 적대악의 호칭을 얻었지.'

그렇다면.

'적대악은 나 말고도 더 있을 확률이 높겠지. 다른 최상위 NPC로부터 호칭을 얻은.'

지금 성좌들이 어디서 뭘 하는지 모르겠다. 아마도 제국과 긴밀하게 연결되어 무언가를 하고 있을 거다.

'대도. 블랙을 찾아라!'라는 이 메인 퀘스트의 지류가 성좌와 연관이 있다는 사실을 알아내지 않았는가. 결국 이 메인 시나리오는 '절대악 VS 7개의 성좌'의 연장선이라는 얘기가 된다.

"크아아악!"

버티고 버티던, 선두에 서 있던 흑색 기사조차도 더 이상 버티기 힘들어 보였다. 이를 악물고 버티고는 있으나 금방이라도 세인트 홀에 빨려 들어갈 것 같은 모양새.

"절대로……!"

그의 한 발이 땅에서 떨어졌다.

"절대로 이대로 물러서지 않겠다. 이 치졸하고 비겁한 족속이여!"

결국 그의 몸이 허공에 들렸다. 어떻게든 버텨봤지만 초인의 영역에 들어선, 한주혁이 사용한 세인트 홀에 감히 저항하지 못했다.

"우리들의 마스터. 절대악께서 너희들을 심판하실 것이다!"

그 말을 유언으로 남긴 채. 검은 기사들은 세인트 홀로 전부 빨려 들어갔다.

그와 동시에.

-레벨이 올랐습니다.

-레벨이 올랐습니다.

-레벨이 올랐습니다.

-레벨이 올랐습니다.

……

알림이 미친 듯이 들려왔다.

'뭐냐, 이거?'

뜻밖의 이득이다. 순식간에 레벨 45가 됐다. 근 20레벨업을 한꺼번에 해버렸다.

'절대악일 때도 이 정도는 아니었는데.'

절대악 때보다 성장 속도가 더 빠른 거 같다.

'보너스 스탯은 계속 쌓이네.'

당연한 말이지만, 레벨 100에서 101로 올리는 거보다 10에서 11로 올리는 게 훨씬 쉽다. 그런데 얻는 보너스 스탯은 똑같다. 어차피 두 개다.

조금 즐거워졌다.

'개이득!'

레벨이 아주 많이 올랐다. 새로운 스킬에 더해 상당한 수준의 고급 정보. 게다가 메인 시나리오에 더욱 접근할 수 있었다. 그런데 그게 끝이 아니었다.

백색 군사가 전부 무릎을 꿇고 바닥에 엎드렸다.

"세인트 가드시여!"

그와 동시에 새로운 알림이 이어졌다.

-대단합니다!
-놀라운 기적을 이룩합니다!
-놀라운 기적에 백색 군대가 경탄과 경외를 보냅니다!

함성이 이 공간 전체를 터뜨릴 듯 터져 나왔다.
"와아아아아아아아!!"
알림이 이어졌다.

-호칭. '세인트 가드'가 부여됩니다.

새로운 호칭까지 얻었다. 절대악인 한주혁이 씨익 웃었다.
"그래. 내가 세인트 가드다."

푸르나. 절대악의 본진이라 할 수 있는 이곳.
이곳에서 시르티안은 늘 강도 높은 업무에 시달리고 있다.
그러나 아무리 바쁘더라도, 주군께서 행차하시면 그 무거운
엉덩이를 들어 올릴 수밖에 없다.
"주군……! 오셨습니까!"

"그래."

그간 있었던 일을 얘기해 주었다.

"세, 세인트 가드라 하셨습니까?"

"뭔지 아나?"

"무, 물론입니다. 스카이 데블을 멸망시키고 은신처로 몰아넣은 원흉 중 하나에게 주어진 호칭입니다."

아.

"역시 이어지네."

과거와 현재. 상황들과 사건들이 이어진다.

"결과적으로 말하면 세인트 가드는 악 속성 개체들에게 매우 악질적인 상성을 가졌다는 거네?"

"그렇다고 추정됩니다."

한주혁이 고개를 끄덕였다.

"그럴 거 같긴 해. 호칭 효과가 좀 좋거든. 악 속성 개체에 대해서."

만약 세인트 가드가 여러 명이라면 굉장히 피곤해질 것 같다. 시르티안은 또다시 감탄하여 한주혁을 쳐다보았다.

"주군께서…… 그 호칭을 악랄한 놈들로부터 강탈하셨다니. 이 어찌 놀랍지 않을 수 있겠습니까."

시르티안도 이제 배웠다. 진지한 표정으로 말했다.

"형렐루야. 형멘."

"그런 이상한 거 배우지 마."

무슨 사이비도 아니고. 한주혁은 사이비 종교의 교주가 되고 싶은 마음이 없다.

"주군. 긴히 보고드릴 것이 있습니다."

"뭐지?"

"제국의 동향에 관한 보고입니다. 제국의 차석 마법사. 미염사가 굉장히 분노했다고 합니다."

"신강현이 탈탈 털려서?"

4강이라고 하기는 하던데. 너무 약했다.

"자존심이 많이 상한 모양입니다. 자신의 제자가 그토록 무력하게 당했다는 사실에 말입니다. 그래서 복수를 명했다고 합니다."

"복수?"

복수도 격이 맞아야 하는 거 아니겠는가. 그 실력으로는 죽었다 깨어나도 자신의 코털 하나 못 건드린다.

시르티안도 그 사실을 안다.

"그래봤자 가소롭기는 합니다만……."

그래도.

"제국의 차석 마법사가 무언가를 주었을 것입니다. 미염사가 이를 갈고 있으니 대비는 해야 할 것입니다."

"보고할 것이 더 있나?"

"그렇습니다."

시르티안이 말을 이었다.

"주군의 예상대로 제국과 성좌는 긴밀한 협조 관계를 구축하고 있는 것이 틀림없습니다."

어떻게 플레이어가 제국의 중심부까지 들어갈 수 있었는지. 그것은 차치하고서.

"주군께서 이미 파악하고 계시다시피, 이번 대퀘스트 역시 성좌들이 중심이 되어 움직이고 있습니다."

파악하고 있는 것을 굳이 다시 언급했다. 이유가 있다는 얘기다.

"미염사가 적대악을 처치하고 싶어 합니다. 거기에 성좌가 합세할 것 같습니다."

"성좌가? 왜?"

실수로 그 '허접들이? 왜?'라고 얘기할 뻔했다. 주군의 격을 지키기로 했다.

"적대악의 칭호를 빼앗고 싶어서라 짐작됩니다."

"아하."

일단 공식적인 적대악 1호는 '앤서'라는 풋내기 플레이어가 가져갔다. 성좌들은 그것을 용서할 수 없는 모양이다.

마침 미염사의 자존심도 상했겠다. 과거 4강의 1인이었던 신강현과 성좌가 힘을 합쳐 레벨 20대 플레이어(지금은 45지만 그들이 알기로는 20대 플레이어) 하나를 잡으려는 거다.

"여지껏 몸을 숨기고 피해 다니던 성좌 한 명의 소재를 발견하였습니다. 요르한으로부터 올라온 보고이니 정확할 것입니다."

"어디인데?"

설마, 앤서를 잡으려고 한다 해도…….

적대악 앤서가 푸르나로 움직였다는 사실은 대충 알 만한 사람들은 아는 사실.

한주혁이 어이없다는 듯 물었다.

"설마 푸르나? 여기로 온 거냐? 내 본진에?"

설마 그 정도로 멍청하려고. 왔다가는 척살당할 텐데 그건 아니겠지. 그렇게 생각했을 그때 귓말이 들려왔다. 요르한 장로에게서 온 귓말이었다.

-뭐라고?

그 보고의 내용이 굉장히 황당했다.

3장
만나면 반갑다고 푹억푹억

한주혁이 어이없다는 듯 웃고 말았다.

"정말로 그렇게 요청해 왔단 말이지."

"예. 그렇습니다."

어제의 적이 오늘의 친구가 되고, 또 어제의 친구가 오늘의 적이 되는 것. 그렇게 이상한 일은 아니다. 게임을 플레이하다 보면 그런 경우가 많이 발생한다. 게임뿐만이 아니다. 정치관계에 있어서도 그렇다. 자신의 이득을 위해 적이 되기도 하고 친구가 되기도 한다.

"근데 아무리 그래도 이건 좀 웃기네."

"자존심도. 명분도 없는 족속입니다."

시르티안도 기분이 상당히 나쁜 듯했다. 일단 요청을 해왔으니 보고를 올리기는 했는데 시르티안도 어이가 없었다.

"그러니까. 요약하자면 적대악을 칠 테니 길을 열어 달라?"

"그렇습니다."

"적대악은 절대악의 적이니까? 미리 없애주겠다?"

한주혁이 재미있다는 듯 쿡쿡 웃었다.

"제 버릇 남 못 준다더니."

더불어 사는 세상을 만들고 싶은 마음이 있었으면 애초에 이런 식으로 살아오지는 않았을 거다.

시르티안이 말했다.

"주군께…… 명분이 없기 때문에 움직이지 않는 것으로 판단한 모양입니다."

"명분?"

"예. 주군께서는 바깥 세계의 영웅이십니다. 그러한 분께서 어찌 이제 갓 크기 시작한 플레이어 하나를 짓밟으시겠습니까?"

"……."

아니. 뭐. 못할 것도 없다. 제2장로나 3장로를 보내면 쉬운 일이다. 그 정도 되는 최상위 살수 NPC가 흔적을 남길 리도 없고.

"그거 그냥 하면 되는데."

하면 되기는 된다. 다만, 나 자신이 적대악이라서 안 할 뿐이다.

"어쨌든 그들이 일시적 동맹을 제안해 왔습니다. 이대로 두면 엄청난 위협이 될 것이 틀림없다고 하면서 말입니다."

한주혁이 고개를 끄덕였다.

"문서화해서 아예 증거자료를 남겨. 그러면 일시적 동맹을 허락해 준다고 해."

"……."

시르티안은 순간 할 말을 잃었다.

'주군께서?'

결코 허락하지 않으실 거라 생각했다. 성좌가 보이면 그 즉시 척살하실 거라고 생각했는데.

'어째서?'

이유를 알 수 없었다. 그러나 묻지는 않았다.

'주군을 믿는다.'

만약 이 사안이 절대악의 안위를 위협할 만큼 중대하고 커다란 사항이었으면 이유를 물었을지도 모른다. 그러나 상대가 성좌다. 성좌가 아무리 날고 기어봐야 절대악의 발바닥에도 못 미친다. 그걸 아는 시르티안이라 이유도 묻지 않았다.

정확히 4시간 뒤. 시르티안이 문서 하나를 가져왔다.

"에르페스 제국의 공증이 담긴 공증문서입니다."

"어지간히도 적대악을 잡고 싶은가보네."

그 4시간 동안 적대악을 열심히 찾으러 다녔다는 보고도 있었다. 당연히 찾을 수 없을 거다. 왜냐하면 적대악이 한주혁 자신이니까.

'무려 에르페스 제국의 공증이라니.'

무조건 지켜야만 하는 공증이다. 제대로 지키지 않으면 에르페스 제국의 법령에 따라 처벌받는다.

"좋네."

일시적 동맹 제안. 아주 좋다. 노크 소리가 들려왔다.

"부르셨습니까?"

"들어 오세요."

다름 아닌, JTBN의 수장. 손석기였다.

JTBN을 통해 하나의 사실이 밝혀졌다.

"그 개쓰레기들, 아직도 정신 못 차렸네."

"적대악을 짓밟기 위해서 움직이고 있다고?"

"아. 그런 새끼들 진짜 벼락 맞아 뒈져야 하는데."

조작이라고 보기에도 어려웠다. 절대악이 공개한 계약서에는 에르페스 제국의 공증까지 들어가 있었다.

절대악에 대한 찬양 여론이 들끓으면 들끓을수록, 성좌에 대한 비난여론은 봇물 터지듯 쏟아져 나오던 상황이었다. 이번에는 그게 더 심각했다.

"적대악을 죽여?"

"그러기 위해서 동맹까지 제안했대잖아."

아무리 생각해도 이해가 안 된다.

"적대악. 요즘에 그 난리 난 신인 플레이어 맞지?"

맞다. 4강 중 한 명이었던 신강현을 파이어볼 한 방에 녹여 버리고, 제국에서 야심 차게 준비한 퀘스트를 너무나 쉽게 클리어해 버린 1인. 모습을 드러낸 지 얼마 되지 않아 아직 4강에 들어가지는 못했지만, 이미 많은 사람들이 4강에서 신강현을 빼고 앤서를 넣기 시작하고 있는 판국이다.

"맞아. 근데 왜 짓밟으려는 건지 모르겠어. 잘 생각해 봐. 적대악처럼 엄청난 클래스의 플레이어가 잘만 크면…… 절대악이랑도 한 판 해볼 만하지 않겠냐?"

"그럴 만하지."

뭐가 어찌 됐든.

"견제세력이 있는 건 좋은 거니까."

한 세력의 무조건적인 독점과 지배는 좋지 않다. 많은 사람들이 절대악을 찬양했지만, 또 '절대악의 독주'를 걱정하는 사람들도 많이 있었다.

지금이야 세계의 영웅으로서, 그에 합당한 훌륭한 모습을 보여주고 있지만 언제 어떻게 변할지 모르는 거니까. 지금 한국은 지나치게 절대악 의존적인 구조를 보이고 있으니까.

"그런 싹을 짓밟고 싶어 한다는 게 말이 되냐?"

"한국 사회 축소판 아니겠냐?"

요즘 많이 변했다. 노력하면 누구나 기회를 잡을 수 있다. 과거와는 분위기 자체가 많이 달라졌다. 그러나 대다수 국민들의 기득권을 향한 시선은 곱지 못했다.

"진짜 어처구니가 없다. 힘을 합쳐서 절대악이랑 싸울 생각은 안 하고……."

오히려 절대악과 손을 잡고서 적대악의 싹을 잘라버리려고 한다니. 일반적인 생각으로는 이해할 수가 없었다.

"진짜 개추하다, 개추해. 진작부터 알고 있었지만 진짜 쓰레기들이네."

그에 반해 절대악에 대한 찬양 여론이 또다시 고개를 들었다. 인터넷 논객. 3충성은 이렇게 표현했다.

-이것이 바로 절대자의 자비와 아량. 그리고 여유.

절대악의 관점에서 보자면 성좌의 제안은 반가운 거다. 혜성처럼 모습을 드러내고 엄청난 성장세를 보이고 있는 신인 플레이어를 짓밟으면 얼마나 좋겠는가.

-눈 감으려면 얼마든지 눈 감을 수 있었음. 나라면 그렇게 했음.

비교적 제3자의 시선에 가까웠던 3충성은 어느새 절대악에게 대단히 우호적인 시선으로 바뀌었다. 재미있는 건 그 누구도 3충성의 스탠스에 대해 의문을 품지 않았다는 것. 그만큼

여론은 절대악에게 매우 우호적이었다.

-근데 절대악은 모른 척하지 않았음. 이 정도로 이슈를 터뜨려서, 적대악 플레이어에게는 경고를 해준 거임. 그리고.

절대악이 늘 주장하는 것이 있다. 공정한 경쟁. 노력에 대한 합당할 만큼의 보상.

-공정한 경쟁의 가치를 드높인 것임.

사람들은 그렇게 판단했다. 공정한 경쟁. 한국 사회가 목말라 하던 가치였다. 절대악은 이미 기득권에 들어섰음에도 불구하고, 그 가치를 놓치지 않았다. 사람들이 보기에는 그랬다.

-나는 인터넷 논객이지만, 절대악과 한 시대를 살아간다는 것이 영광스러울 때가 있을 정도임.

수많은 사람들이 그렇게 생각했다. 절대악 폭풍은 도무지 꺼질 줄을 몰랐다. 여기에 '곳간풍족자 열비람'까지 가세했다.

-나는 오늘 영웅을 보았음.

절대악이 추구하는 가치. 절대악이 사회에 던지는 메시지. 그 모든 것들에 감탄을 했단다.

-3충성의 분석에 나의 지지를 표함.

그래서 3충성에게 무려 1,000만 원을 쾌척한다고 밝혔다. 이 것은 또 하나의 이슈가 되어 한국 사회를 강타했다. 세상 돌아 가는 일에 관심이 없던 사람들도 '1,000만 원 수여' 소식을 듣고 관심을 보였다. 도대체 3충성이 무슨 말을 했길래 1,000만 원이 나 준단 말인가.

결과적으로 관심이 없는, 그냥 나 살아가기 바쁜 수많은 사람 들도 3충성의 얘기를 살펴봤다. 요약하자면 '절대악 영웅론' 혹 은 '절대악 공정 경쟁론'. 하여튼 수많은 사람들이 이번 사건에 관심을 가졌다.

3충성이 이렇게 분석했다.

-절대악이 또다시 성좌들을 개박살 낼 거라 짐작함.

약간의 문제가 있기는 있다. 상호불가침 조약을 맺었다. 에 르페스 제국의 공증이 들어갔다. 이 계약을 지키지 않으면 에 르페스 제국의 법령에 따라 처벌받게 된다.

-근데 어차피 절대악은 에르페스 제국과 적임.

대대적으로 '공면'으로 선포된 건 아니지만 어쨌든 결코 우호
적이라 볼 수는 없다.

-그걸 감안하면 절대악은 성좌들을 그냥 뚜까 팰 거로 짐작함.

그 이유는.

-적대악이 아직 다 크지 못했기 때문임. 아무리 강력한 클래스라도 시간
이 좀 필요함. 절대악은 공정한 경쟁과 즐거운 플레이를 위하여, 적대악을
도와줄 것으로 짐작함.

왜냐하면.

-절대악은 영웅이니까. 나의 분석이 틀리면 고통찔레꽃을 아예 삼켜 버
리겠음.

3번 성좌 다르크. 그리고 4번 성좌 Siri는 잠시 동안 침묵했
다. 침묵을 먼저 깬 사람은 Siri였다.

"절대악 그놈을 믿는 게 아니었는데."

하필이면 에르페스 제국의 공중까지 받아놔서 증거가 너무 명확해졌다. 자신들에게 도움이 되라고 넣어놓은 에르페스 제국의 공중이, 오히려 독이 됐다.

다르크가 말했다.

"성좌에 대한 여론개선은 이미 물 건너간 지 오래입니다."

"……"

그건 이미 알고 있다. 성좌를 실제로 구속하여 엄벌을 내려야 한다는 의견까지 있을 정도다. 성좌에 대한 여론은 최악이었다.

"하지만 상관없지 않습니까?"

"상관은 없지."

그렇다.

"무식하고 우매한 개돼지들이 무어라 지껄여도 상관없습니다."

그래봤자 개돼지는 개돼지다. 절대악이 없으면 목소리도 제대로 내지 못하는 사회 하층민들. 하루 벌어 하루 살아가는데 급급한 하루살이 같은 놈들.

"하여튼 없는 놈들이 기회 한 번 잡았다 하면, 이리 물어뜯고 저리 물어뜯고 난리도 아닙니다."

"원래 없는 놈들이 더욱 그런 법이지."

그들의 입장에서 '없는 놈들'이라 함은 대다수의 대한민국 국민들을 뜻하기도 했다. '신귀족 프로젝트'에 포함되지 않은,

64 리턴
플레이어   17

90퍼센트에 달하는 대다수의 사람들.

Siri가 진리의 말을 설파하기라도 하듯, 진지한 표정으로 매우 진지하게 말했다.

"그러니까 평생 서민 신세를 벗어나지 못하는 거겠지."

더 이상 없는 놈들. 개돼지들. 서민들을 신경 쓰지 않기로 했다. 신경 써봐야 좋을 것이 하나도 없으니까. 무시하면 그만이다. 개들이 짖는 것에 일일이 대답해 줄 수는 없는 것 아니겠는가.

신강현은 아무런 말도 하지 않았다.

'미친놈들이군.'

4강 중 한 명이었던, 이제는 4강에서 추락해 버린 신강현이지만 그래도 저 정도로 생각하지는 않는다.

'태르민 일가……'

그도 알음알음 알고는 있다. 대한민국을 암중에서 조종하는 하나의 집안이 있다고. 전 대통령의 탄핵과도 매우 밀접한 관련이 있는 집안. 그리고 현재 에르페스 제국과도 상당한 연이 닿아 있는 집안. 미친놈들이라 생각은 하지만, 그렇다고 딱히 반대 의견을 내지도 않았다.

"적대악의 위치를 찾은 거 같습니다."

신강현이 다시 한번 확인했다.

"절대악이…… 움직이지 않는 건 확실합니까?"

"움직이지 않겠지. 절대악이 움직일 필요가 없으니까. 움직여서 이득이 될 게 전혀 없으니까."

적대악을 대신 처치해 주면 좋은 거 아니겠는가. 다르크가 똑똑한 체하며 설명을 덧붙였다.

"절대악은 지금 절대악이 할 수 있는 최선의 행동을 하고 있는 거다. 우리의 계약서를 현실세계에서 발표하며 영웅의 지위를 획득했어. 그러나 올림푸스 세계에서는 움직이지 않겠지. 에르페스 제국의 공중까지 들어 있으니까. 절대악은 가만히 앉아서 적대악을 처치할 수 있고, 또 여론까지 자신의 편으로 만들었는데 움직일 이유가 없지 않나? 움직이면 에르페스 제국이 움직일 텐데?"

그런데 목소리가 들려왔다.

"……아무래도 날 찾고 있는 것 같은데."

신강현이 고개를 번쩍 들었다.

'언제……?'

언제 모습을 드러낸 건지 모르겠다. 기척조차 느껴지지 않았다.

"앤서!"

신강현이 이를 바드득 갈았다. 적대악의 자리. 원래 내 것이었다. 스승이 자신을 위해 만들어 준 퀘스트였다.

'네놈 때문에…….'

저놈 때문에 4강의 자리를 잃었고 스승으로부터 엄청난 질책을 받아야만 했다. 그에게는 원수나 다름없었다. 지금 당장에라도 찢어 죽이고 싶었다.

신강현이 으르렁대며 말했다.

"오랜만이다. 보고 싶었다."

앤서가 인상을 찡그렸다.

"······게이냐? 난 너 싫다. 마법사가 비겁하게 독침이나 쓰는 주제에 무슨."

그리고.

"너희가 성좌 친구들?"

앤서의 얼굴로는 처음 뵙겠습니다. 다르크 친구. Siri 친구. 만나면 반갑다고 푹찍푹찍 푹억푹억 아니겠는가.

Siri가 피식 웃었다.

"건방짐이 하늘을 찌르는구나. 주제도 모르는 것이."

원래 갑자기 힘을 얻은 놈들, 갑자기 부자가 된 졸부 놈들이 저런 특성을 가진다. 자신처럼. 애초에 훌륭한 핏줄을 이고 태어나, 로얄 귀족에 입성하는 부류와는 완전히 다르다.

Siri가 말을 이었다.

"품위 없고 예의도 없고 사람을 보는 눈조차도 없구나."

지금 이 자리에서. 저 하룻강아지를 죽여주기로 했다. 성좌의 권능. 델리트를 힘입어서 말이다.

핵초리는 요즘 신이 났다.

'시청자 수가 매일매일 늘어난다!'

늘어나는 속도가 타의 추종을 불허했다. 적어도 핵초리는 그렇게 판단했다. 미친 듯이 늘어나는 시청자. 그 중심에는 바로 '적대악'이 있었다.

'벌써 3,000명을 돌파했어!'

방송을 2년 동안 했지만 1,000명 넘기가 힘들었다. 그런데 적대악 콘텐츠를 방송하면서부터 3일 만에 3,000명을 넘겼다. 절대악에게 손석기가 있다면 적대악에게는 핵초리가 있다. 물론, 핵초리 혼자만의 생각이기는 했지만.

어쨌든 핵초리는 화면에 집중했다. 손석기처럼 전문화된 스킬과 영상장비는 없지만 그래도 열정은 뜨거웠다.

-형님들. 지금 적대악이 성좌들과 만났습니다.

핵초리 혼자서 이렇게 온 건 아니다. 어디까지나 앤서. 그러니까 한주혁으로부터 허락을 받고 왔다. 적대악을 촬영할 수 있도록 해준다고 했다.

'시청자 4,000명 고지가 눈앞이다!'

사람들은 절대악보고 형렐루야 형멘이라고 하지만, 자신은 적대악에게 형렐루야 형멘을 외치고 싶을 정도였다.

'근데 진짜로 내가 안 보이는 모양이네.'

성좌와 신강현쯤 되면 자신의 위치 정도는 파악할 수 있을 것 같았는데. 전혀 모르고 있다.

'앤서, 저 인간은 도대체 뭐 하는 인간이지?'

뭐하는 인간인데 성좌한테도 들키지 않을 수 있을 정도의 은신 마법이 걸려 있는 로브를 이렇게 떡하니 빌려주지. 좀 신기할 정도였다.

'아무렴 어때. 시청자 수만 늘면 장땡이지.'

사람들은 적대악 앤서. 그리고 신강현 & 성좌의 대결에 주목했다.

-적대악이 아무리 강해도 이번에는 좀 힘들지 않겠음?

-성좌가 절대악에게 매일 쳐발려서 그렇지, 사실 절대악 없으면 최강 클래스들 아닌가?

지금의 최강, 4강(현재는 3강) 위의 넘사벽, 전 세계에서도 가장 강력한 플레이어인 절대악이 워낙에 사기적이어서 그렇지, 절대악이 아니라면 성좌들도 한 끗발 날리는 플레이어들이라는 의견이 대다수였다. 실제로 성좌 중 한 명인 한세아는 3강에까지 들지 않았는가.

-적대악은 패기로 똘똘 뭉친 신인 플레이어임. 나이도 어린 거 같고. 이렇게 모습을 드러낸 건 좀 오바인 거 같음.

-성좌가 아무리 등신이어도, 그래도 절대악이랑 전투 경험이 있는 베테랑임.

원래 고수와 PVP를 하게 되면 얻는 것이 많다. 고수의 움직임을 어쨌든 한 번이라도 경험했으니까. 직접 눈으로 봤으니까. 그런데 성좌들은 고수 중에서도 최고수인 절대악과 몇 번이나 직접 전투를 치르지 않았던가.

-경험과 노련미 등에서 적대악은 성좌들을 이기기 어려울 듯.
-근데 사실 저레벨 때 좀 얻어맞고 커야 나중에 더 잘 성장하는 거 아니겠음?

대외적으로 앤서의 레벨은 20대 중반이다. 사실은 순식간에 20레벨업가량을 해서 현재 레벨은 45. 절대악도 하지 못했던 폭업 중 폭업을 했지만, 사람들의 상식에서 그건 절대로 불가능한 일이었다. 사람들은 앤서가 여전히 레벨 20대로 추정하고 있는 상황.

신강현은 나름대로 긴장했다.

'파이어볼로 나를 죽였어.'

기본마법 중 기본마법. 그것도 정타도 아니고 스쳐 맞았는데 죽었다. 최대 데미지가 몇인지. 파악조차 하지 못했다. 겉모양만 파이어볼이고, 실제 내용은 파이어볼이 아닐 거라고 짐작하고 있기는 하지만 조심해서 나쁠 것은 없었다.

한편, 앤서(한주혁)는 Siri로부터 귓말을 들을 수 있었다.

-너는 모르고 있겠지만.

그녀의 음성은 굉장히 거만했다. 단순히 귓말을 들었을 뿐인데, 마치 위에서 아래를 내려다보는 것 같은 느낌이 들었다. 나는 귀족이고 너는 서민이야. 주제를 알도록 해. 이렇게 주장하는 것만 같은 느낌.

-나는 너를 죽여도 페널티가 없어. 너는 나를 죽이면 카오가 되겠지.

-······.

한주혁이 잠시 침묵하자 Siri는 더욱 기세등등해졌다.

-적대악? 제국의 영웅이 되어 절대악과 상대해야 하는 호칭이야. 너 같은 하층민에게 그게 어울린다고 생각하니? 카오가 되면 적대악의 호칭도 사라지게 되겠지. 제국은 카오를 등용하지 않으니까.

Siri 덕분에 몰랐던 사실도 알았다. 대퀘스트. '대도 블랙을 찾아라!'를 진행할 때에는, 카오가 되면 안 된다.

-얌전히 죽는다면, 델리트까지는 시키지 않아주마.

지금 거래를 걸고 있는 거다. 지금 저들은 '적대악 앤서를 쉽게 죽였다'라는 명성이 필요한 것 같았다.

한주혁이 물었다.

-너희는 날 먼저 쳐도 카오가 안 된다는 거네. 그것 참 무서운데?

놀랍지 않다.

-위명 있나 봐?

Siri는 순간 자신의 귀를 의심했다. 위명을 안다고? 레벨 20대 플레이어가?

자신도 최근에야 알게 된 능력치다. 위명을 얻은 지 얼마 안 됐다. 그런데 레벨 20대 플레이어가. 아무리 적대악의 호칭을 이은 히든 클래스 중 히든 클래스라고 할지라도. 어떻게 위명을 벌써 알 수 있단 말인가.

-어쩌냐.

한주혁이 씨익 웃었다.

-나도 있는데.

그와 동시에, 신강현이 마법명을 외쳤다.

"파이어볼."

파이어볼로 당했으니 파이어볼로 갚아줘야 했다. 미염사의 논리가 그랬다.

자신의 제자가 파이어볼로 당했으니, 그놈도 파이어볼로 당해야 했다.

'20배로 강력해진 파이어볼이다.'

일반 파이어볼이 아니다. 미염사가 직접 준 마법 스크롤을 찢었다.

'내 능력으로 사용할 수 있는 최강의 마법 스크롤.'

파이어볼이 한주혁을 향해 날아들었다. 한주혁은 그 모습을 뻔히 바라봤다.

'파이어볼?'

일반 파이어볼은 아닌 것 같았다. 파이어볼을 사용하는데, 스크롤을 사용할 일은 없지 않은가.

'뭔가 단단히 준비를 해왔겠지.'

그 대단하다는 제국의 차석 마법사. 미염사의 제자 아닌가. 그래서 한주혁도 사용했다.

"파이어볼."

파이어볼과 파이어볼. 마나의 응축체와 마나의 응축체가 만났다. 그때 신강현이 씨익 웃었다.

'어리석은 놈!'

자신이 사용한 것은 일반 파이어볼이 아니다. 미염사가 준 스크롤에 내재된 파이어볼이다. 비록 신강현 자신의 능력이 부족하여 미염사 최대의 능력을 전부 담아내지는 못했지만. 어쨌든 미염사의 마법이 녹아든 스크롤.

'그걸 정면으로 뚫겠다고?'

놈은 경험이 없다. 열정과 패기만 있다. 이번에는 쉽게 이길 수 있겠다.

그런데 뭔가 이상했다. 이상함은 다르크가 가장 먼저 발견했다.

'파이어볼이……'

파이어볼이 이상했다. 일반 파이어볼이 아니었다. 그 크기가 점점 커졌다. 순식간에 덩치를 불리기 시작한 파이어볼을 보면, 마치 태양이 눈앞에 떠 있는 것만 같았다.

'느낌이 안 좋다.'

다른 준비를 해야 했다. 성좌로서의 힘을 사용하기로 했다. 신실한 처단자. 다르크가 마나를 끌어올렸다. 직접 전투는 그렇게 강하지 않지만 마나를 다루는 데에는 일가견이 있는 클래스다.

"디스펠."

적이 사용한 마법을 무력화시키는, 마나를 흐트러뜨리는 마법.

그때.

콰과과과광!

폭발음이 일었다.

방송을 내보내던 핵초리는 당황했다.

-어. 혀, 형님들. 잠시만 기다려 주세요.

잠깐 방송이 끊겼다. 열악한 방송장비 때문이다. 손석기처럼 아예 방송에 특화되어 있는 클래스도 아니고. 방송 중단은 약 3분간 이어졌다.

3분 뒤. 핵초리의 방송이 원래대로 돌아왔다.

-마나 폭풍이 너무 강력해서 잠깐 끊어진 거 같습니다. 형님들.

3분 동안. 무슨 일이 벌어졌는지. 핵초리가 설명했다.

-형님들. 아까 파이어볼이랑 거대 파이어볼이랑 부딪치고……. 성좌가 디스펠을 외친 것까지 보셨죠?

그 이후로 방송이 끊겼다. 어느새 4,000명에 도달한 시청자들의 채팅이 쉴 새 없이 올라갔다.

-뭐가 어떻게 된 거임?
-왜 아무도 없음?
-혹시 다 같이 죽었나?

쉴 새 없이 갱신되는 채팅창을 보며 핵초리는 굉장히 행복해했다.

-형님들. 실시간 방송으로는 못 내보냈는데, 제가 따로 영상 기록 스톤에 저장은 해놨습니다. 바로 올리겠습니다.

유튜브에 굉장히 핫한 동영상이 하나 올라왔다. 제목이 상당히 자극적이었다.

-엄청난 준비를 해온 것만 같은 성좌와 신강현. 적대악 앞에서 탈탈 털리다?

영상은 그렇게 길지 않았다. 그래봐야 30초 내외였다. '이오빠가내오빠다'로 인터넷에서 활동 중인 한세아가 물었다.

"오빠. 이래도 돼?"

"뭐가?"

"아니. 뭐 힘겹게 싸우는 척도 안 하고 그냥 마법 한 방으로 세 명을 전부 죽여 버렸잖아."

애초에 이게 가능한지. 가능하지 않은지. 이런 건 이제 중요하지 않았다. 오빠가 파이어볼 쓰면 그건 곧 헬파이어다. 한세아도 그걸 안다. 그래서 그 부분은 묻지 않았다. 다만 이렇게 너무 쉽게 죽여도 되나. 이렇게 어이없이 죽여도 되나 싶어서 물어본 것뿐이다.

"굳이 힘겹게 싸울 필요 없잖아?"

"그건 그렇긴 한데……."

마법 한 방으로 성좌 2명과 신강현이 사망했다. 뭔가 열심히 준비하긴 한 것 같은데. 그 준비가 그냥 다 무로 돌아갔다.

"그냥 또 푹찍푹찍 푹억푹억이네. 전투 참 쉽다."

아닌가. 푹찍푹찍 푹억푹억이 아니라.

"얍! 뿅! 악! 이건가?"

마법이니까 이런 느낌 아니겠는가. 오빠처럼 플레이하면 세상만사 참 편할 거 같다. 이 오빠가 내 오빠다. 문득 기분이 좋아졌다. 그리고 또 문득 궁금해졌다.

"혹시 전투 결과창 업데이트됐어?"

"아니. 적대악으로 죽이면 안 되더라."

그건 좀 아쉽게 됐다. 성좌들이 무슨 수를 쓴 건지, '악의 추적' 스킬에도 걸리지 않는다. 제 발로 모습을 드러냈는데 절대 악으로서 놈들을 죽이지 못한 건 아쉬웠다.

"근데 나도 그거 한 방에 죽을 줄은 몰랐어."

"적어도 마법이 평타보단 세잖아?"

평타로도 한 방에 죽는데. 마법으로 한 방에 죽는 게 이상한 일은 아니었다.

"오빠 엄청 유명인사 됐네."

인터넷 포탈의 검색 키워드 순위가 '적대악' 혹은 '앤서'와 관련된 키워드로 도배됐다.

"예전에는 그냥 슈퍼 루키였는데…… 지금은…….."

한세아가 어이없다는 듯 웃었다.

"4강. 적대악 앤서?"

수많은 사람들이 이미 그렇게 부르기 시작했다. 젤르두아 지방에서 운 좋게 퀘스트를 얻고, 운 좋아 올라온 게 아니라 진짜 실력을 가진 '4강 적대악'으로 명성을 얻고 있는 거다.

한세아가 말을 이었다.

"4강이라니."

남들은 '4강이 이렇게 쉬운 거였어? 에이. 아무리 그래도 그렇지. 어떻게 벌써 4강의 반열에 오르냐?'라는 의미로 어이없어 했다면 한세아는 완전히 반대로 어이없어 했다.

"앤서가 나랑 동급이라니."

아니다.

"나 앤서한테 한 방 맞으면 죽을 텐데. 푹찍푹찍 푹억푹억도 아니고. 그냥 푹찍억인데."

같은 4강이라고 보기에 미안할 정도 아닌가. 어쨌든 앤서는 사람들 사이에서 이제 4강으로 불리게 됐다. 명성이 굉장히 높아졌다. 절대악 다음으로 가장 핫한 플레이어가 됐다. 호칭조차도 적대악 아닌가.

한주혁도 현재의 이 상황이 마음에 들었다.

'이쯤 되면 제국에서도 큰 관심을 갖긴 할 텐데.'

다만.

'광야의 빈곤을 선택했으니…… 직접적인 접촉보다는 현장 퀘스트 발령일 확률이 높아.'

그의 예상은 정확하게 맞아떨어졌다. 한주혁에게 알림이 들려왔다.

-퀘스트. '대도. 블랙을 찾아라!'에 한하여, 플레이어의 등급이 상향조정됩니다.

-플레이어의 등급이 A로 상향조정됩니다.

전무후무한 속도의 등급 상승이다. 원래 한주혁은 B급 플레이어였다. 그런데 마법사의 무덤에서 말도 안 되는 활약을 선보이며 순식간에 A급 플레이어로 등급이 올라갔다.

거기서 끝이 아니었다. 보통 사람들에게 알려지기로는, A급

이 최고로 알려져 있다. 그런데 그게 끝이 아니었다.

-플레이어의 등급이 S급으로 상승합니다.
-축하합니다!
-새로운 퀘스트의 영역에 진입합니다!

한주혁의 예상대로, 새로운 퀘스트가 이어졌다. S급. 이제는 정말로 '대도. 블랙을 찾아라!'의 중심으로 들어왔다. 힘을 증명해 보였고 명성까지 얻게 되면서 이루어낸 쾌거였다.

-다음 퀘스트는 S등급 플레이어들에게 주어지는 공통 퀘스트입니다.
-퀘스트. '대도의 흔적을 찾아서'가 주어집니다.

이제부터는 S급 플레이어에게 주어지는 퀘스트다. S급 플레이어들이 몇 명이나 있는지는 모르겠다만, 극소수일 것이 분명할 터. 난이도도 많이 높아질 거다. 여기서부터는, 아주 조금은 긴장해야 할지도 모르겠다 생각했다.

'성좌 퀘스트와 연계되는 퀘스트라면…….'

그러면 난이도가 결코 쉽지 않을 테니까. 퀘스트를 확인해 봤다.

'어라?'

흥미로운 점을 발견했다. 예상하지 못했던 내용이 포함되어
있었다.

'이게…… 이렇게 이어져?'

4장
대도의 흔적

한주혁은 퀘스트창에 표시된 위치를 다시 한번 확인했다.

'역시.'

다시 확인했는데 역시 맞았다. 퀘스트 내용에 따르면 '수상한 저택'을 확인하여 제국 NPC 중 한 명인 '듀통'에게 보고를 올려야 한단다.

'수상한 저택이라.'

저택은 저택인데 음습하고 기분 나쁜 기운이 많이 흘러나오고 있는 곳이란다. 그곳을 탐사하기 위해 떠났던 수많은 NPC들이 실종되거나 사망한 곳. 악의 기운이 느껴지는 수상한 곳.

'여기는…… 악마의 대저택?'

퀘스트 내용에 따르면 '악마의 대저택'이라고 표기되어 있지는 않지만 악마의 대저택이 틀림없었다. 현재는 '수상한 저택'이라고 표기가 되어 있는데 확인을 제대로 하게 되면 '악마의 대저택'이라고 표기될 확률이 높았다.

'대도의 흔적이 이곳으로 이어진다라.'

그래서 한주혁은 바로 이동하기로 했다.

모르는 곳이 아니다. 이미 집들이까지 끝냈다. 그곳의 주인과 상당한 친분까지 있다. 정확하게 말하자면 단순 친분이 아니라, 계약 상하관계다. 충성 서약까지 맺었다.

-이주랑 씨. 저 좀 도와주세요.

LZ 연합장. 구본부의 손녀이자 워프 마스터인 이주랑은 한주혁의 호출에 한달음에 달려왔다.

어려울 것도 없다. 한주혁을 처음 만났을 때부터 이미 워프 마스터로서 유명했던 이주랑이다. 워프 몇 번에 한주혁이 있는 곳까지 날아왔다.

이주랑은 그곳에서 다른 사람을 봤다.

'응?'

분명히. 호출한 사람은 절대악이었다.

'이상한데.'

절대악이 불렀는데 다른 사람이 서 있었다. 다시 한번 확인해 봤지만 절대악이 맞았다. 천하의 이주랑을 호출할 수 있는 사람은 이 세상에 별로 없다. 그녀는 올림푸스 안에서도 워프 마스터로 명성 높지만, 현실에서는 재벌 3세 아닌가.

'절대악께서 부른 것은 맞는데.'

그녀는 센스 있게 귓말로 물었다.

-아서 님이 맞습니까……?

귓말이 통하는 걸로 봐서는 아서는 아서인데.

-모습이…… 좀 다르네요.

이 모습. 많이 봤다. 최근 한국을 뜨겁게 달구고 있는 슈퍼 루키. 아니, 이제 슈퍼 루키를 한참 벗어나서 4강 중 1인으로서 그 이름을 떨치고 있는 한 명. 적대악.

-제 눈이 틀리지 않다면 적대악 앤서 님인 것도 맞으십니까?

-네. 뭐. 그렇게 됐어요.

언제나 침착한 모습을 보이는 이주랑이다. 그 이주랑도 이번에는 평정심을 좀 잃었다. 언제나 차분하기만 했던 그녀의 눈동자가 흔들렸다.

'지금 내가 꿈을 꾸고 있나?'

'아서'는 한주혁의 닉네임이다. 그의 클래스는 절대악. 그런데 눈앞의 이 남자는 '앤서'다.

'아서? 앤서?'

전혀 생각하지 못했었는데 이름도 비슷했다. 한주혁의 성격상, 어떤 의도가 있다라기보다는 그냥 귀찮아서 비슷하게 지은 것 같다.

한주혁이 피식 웃었다.

-별로 안 놀라시네요?

-……많이 놀란 것입니다.

겉으로 봤을 때에는 크게 놀란 것 같지 않지만 이주랑은 굉장히 많이 놀랐다.

-이 세상에 태어나서 경험한 놀라움의 감정 중 가히 최고로 강력한 놀라움을 경험하고 있습니다.

말이 많아진 것을 보니 놀랐기는 놀란 모양이었다.

'절대악과 적대악이 동일인물이라고?'

사실 이주랑은 걱정했었다. 적대악이라는 클래스가 나와서, 제국을 등에 업고 성장하게 된다면?

지금 절대악 열풍이 일어 변화하고 있는 한국 사회가 또다시 나쁜 방향으로 변하지는 않을까. 또다시 '신귀족'이라는 사람들이 등장하여 사냥터를 독점하고 자원을 분배하지 않는 나쁜 현상이 벌어지지는 않을까.

'내 걱정은 기우였어.'

적대악이라는 자가 결국 기득권과 손을 잡고 절대악을 배척하게 된다면, 그렇게 되면 한국의 미래가 없어질 수도 있다는 걱정을 했었다. 그런데 절대악은 그 걱정을 무참히 박살 내버렸다. 좋은 의미로의 박살 말이다.

'내 상상을…… 아득히 뛰어넘는구나.'

아주 잠깐, 상상하고 말았다. 저런 남자가 내 남자였다면. 저런 남자가 자신을 바라보고 있었다면. 그랬다면 정말 좋았을 텐데.

이주랑은 남몰래 고개를 저었다. 이런 생각은 부질없었다.

그녀는 천세송과 한주혁 사이에 끼어들 생각도 없지만, 끼어든다고 해도 천세송과 한주혁 사이를 갈라놓을 자신도 없었다.

'이 감정은······.'

단순히 남자로서의 호감이라기보다는, 위인에 대한 호감과 존경에 가까웠다.

-혹시 모르니까. 주랑 님 모습도 좀 바꾸죠.

-알겠습니다.

편의상 워프 마스터와 함께 움직이기는 한다만, 약간 모습을 바꾸기로 했다.

그 상태로 함께 이동했다. 악마의 대저택으로.

***

악마의 대저택에 도착했다. 대저택 문 앞. 그곳에서 잠시 생각에 빠졌다.

'이 퀘스트의 근본이 뭘까.'

정말로, 대도의 흔적이 이곳에 남아 있기 때문에, 이 수상한 저택을 탐색하라고 한 것일까.

'아니면 나를 죽이기 위함인가?'

이 퀘스트가 제국에서 내려서, 시스템을 통해 이루어진 것인지 아니면 시스템 자체가 내린 퀘스트인지는 모르겠다. 제국 NPC에게 보고 하라는 것을 보면 제국에서 내린 퀘스트 같기도 했다.

'데미안이 버티고 있는 대저택은…… 일반 플레이어로는 클리어가 불가능해.'

절대 불가능한 퀘스트다. 원래대로라면 데미안은 '성좌'와 관련되어 있는 힘 혹은 속성을 혐오하는 마족이다. 말 그대로 적대악이라면, 데미안에게 살아남지 못했을 거다.

'그걸 알고 이곳으로 보낸 걸까, 아니면 진짜 흔적이 남겨져 있어서일까?'

그건 중요했다. 제국의, 자신에 대한 스탠스를 살펴볼 수 있는 단서니까.

한주혁이 귓말로 말했다.

-고맙습니다.

-아닙니다. 늘 불러 주십시오. 절대악. 아니, 적대악의 도움이 될 수 있어 언제나 감사합니다.

한주혁은 조금 민망한 듯 웃었다. 한주혁이 걸음을 옮겼다. 상세알림이 들려왔다.

-수상한 대저택을 발견하였습니다.
-수상한 기운이 뿜어져 나오고 있습니다.
-수상한 기운의 출처를 알아내야 합니다.
-수상한 기운과 대도의 연관성을 찾아내야 합니다.

원래대로라면, 플레이어를 아주 힘들게 할 수 있는 알림까지도 들려왔다.

-'대도의 흔적을 찾아서' 퀘스트를 부여받은 플레이어가 '수상한 대저택'에 입장합니다.
-수상한 대저택과 바깥세상이 단절됩니다.
-외부의 도움을 기대할 수 없습니다.
-루블랑의 진전을 이은 적대악은 스스로의 힘으로 이 수상한 대저택을 탐사하고 대도와 연관성이 있는지 확인해야 합니다.

일반 플레이어라면 '뭐 이딴 게 다 있어?'라고 투덜거렸을지도 모른다. 외부의 도움을 전혀 기대할 수 없다니. 일단 누군가가 입장하면 완전히 닫혀버리는, 고난이도의 던전과 비슷한 형태 아닌가.
한주혁이 계속해서 걸음을 옮겼다. 난이도는 결코 낮지 않았다.

-탐사 기회는 한 번 입니다.
-적대악을 향한 적대적인 필드에 들어섭니다.

적대악에게 적대적인 필드란다. 그것은 곧 절대악에게 유리한 필드.

-적대악 호칭을 확인합니다.

-적대 필드에서 사망하면 델리트됩니다.

한주혁을 향해 하급 몬스터들이 몰려들기 시작했다. 한주혁은 그다지 신경 쓰지 않았다. 지금보다 훨씬 약할 때에도 그다지 위협이 되지 않던 하녀들과 집사들이다. 아무리 떼로 몰려 있어도 무섭지 않다.

한주혁이 '악마의 뿔'을 꺼내 들었다. 직접 5층까지 올라가기 힘들다. 이럴 때에는 그냥 집주인을 초대하면 되는 것 아닌가.

-데미안. 계약 하위주체여. 그대를 만나기 위하여, 그대의 집을 찾았다.

앤서를 향해 적개심을 표출하던 하녀들과 집사들이 순식간에 도망쳤다. 굉장히 조용해졌다.

목소리가 들려왔다.

"계약 상위주체여. 그동안 무슨 일이 있었던 거지?"

데미안의 목소리에는 적개심이 잔뜩 묻어 있었다.

마치 대답 여하에 따라 한주혁을 공격할 것만 같은 표정이었다. 초인의 영역이라는 스킬을 얻은 지금도, 스탯이 엄청나게 상승한 지금도 데미안과 싸우면 질 것 같다는 생각이 들었다.

'여기서 죽으면 델리트?'

한주혁이 피식 웃었다. 델리트될 일은 없다. 이 상황. 그렇게 놀라운 상황도 아니다.

'예상했으니까.'

한주혁이 입을 열었다.

"데미안. 계약 하위주체여. 그대는 정정당당한 전투로 패배를 당했나? 고귀한 힘. 마족의 혈통을 이은 자여. 그대의 날카로운 손톱이 어째서 부러졌던 것이지?"

한주혁은 청산유수처럼 말을 이었다. 이미 머릿속으로 한 번 생각해 보고 온 상황이다.

"적의 심장을 씹어먹기 위하여. 아주 잠깐의 치욕을 감수하는 것이. 그토록 부끄러운 것인가?"

물론.

"그대의 자존심으로는 허락치 않을 것이다. 그러나 나는 계약 상위주체로서의 책임과 사명을 다하기 위하여. 비록 창피하고 부끄럽고 스스로 목숨을 끊을 정도로 수치스럽다 할지라도!"

그렇다 할지라도.

"그대를 돕기 위하여 이런 수치를 감당하고 있는 것이다. 그대는 내가 얼마나 수치스럽고 암담한지 너무나 잘 알 것이다."

물론 한주혁은 수치스럽지 않다. 강해지면 장땡 아닌가. 악마의 힘. 마족의 힘. 순수한 혈통. 그런 건 관심 없다. 적대악이 되어 훨씬 세졌으니까. 그거면 됐다. 하지만 말은 완전히 반대로 했다.

"나의 이러한 힘이. 결국은 그대를 도울 수 있을 것이다. 순수 혈통을 이은, 마족의 귀족인 그대를 돕기 위하여. 내가 이러한 부끄러움과 수치를 뒤집어썼는데. 그런데 그대는 나를 적으로 간주하고 적개심을 표출하는구나. 내가 큰 실수를 저지른 듯하다."

짐짓 등을 돌렸다. 어차피 데미안은 자신을 공격하지 못한다. 공격하는 순간, 고통에 몸부림치게 될 거다. 충성서약이란 그런 거니까.

"이제 나는 그대의 복수와는 관계가 없다. 나의 진정된 마음을 몰라주는 계약 하위주체와의 계약은. 내게 더 이상 의미가 없으므로."

당연히 속마음은 완전히 다르다. 데미안은 한주혁 최후, 비장의 패다. 이렇게 강해졌어도 그 강함의 끝이 느껴지지 않는 비장의 수단.

'얼른 잡아라. 어차피 잡을 거잖아.'

아니나 다를까.

"……내가 실수했다. 계약 상위주체여."

한주혁이 속으로 웃었다. 그럼 그렇지. 데미안. 무력은 엄청나게 강하지만, 다루기는 참 쉬운 마족이다.

그렇게 몇 번 대화가 오고 갔다. 데미안은 한주혁의 상황을 완전히 이해했다.

지금 적대악으로서 가지게 된 힘은, 마족에게 굉장히 위험한 힘. 상반된 두 힘을 가지게 되어 데미안을 더 효율적으로

도울 수 있게 되었다. 일단 겉으로는 그렇게 보였다.

한주혁이 물었다.

"대도에 대해 알고 있나?"

"대도?"

아무래도 모르는 눈치다.

"인간 혹은 NPC가 이 곳에 왔었나? 우리와 친숙한 힘을 가진 이다."

"흠."

데미안은 잠시 생각하다가 이내 입을 열었다.

"하나 남은 내 마족의 뿔을 훔쳐가려던 얼간이가 하나 있기는 있었다."

거기서 직감했다.

'대도.'

데미안의 입장에서는 대도가 아닌 좀도둑이었겠지만.

"그래서. 어떻게 됐지?"

설마 이 단순무식한 마족 놈이 죽인 건 아니겠지. NPC는 되살아나지 않는데.

데미안이 입을 열었다.

좀처럼 긴장을 하지 않는 한주혁이 나름 긴장했다. 대도 블랙을 찾으라는 퀘스트는, 현재 올림푸스의 거대한 흐름 중 하나이며 귀중한 퀘스트인데 정작 당사자인 블랙을 죽여 버렸다면 얘기가 안 이어지지 않는가.

데르앙이 씨익 웃었다.

"그놈, 아주 재미있는 녀석이더군."

뭐가 재미있는고 하니.

"강단도 있고. 기개도 있고. 제법 귀여운 구석도 있어서 죽이지 않았다."

감히 자신의 하나 남은 뿔을 노린 것은 괘씸했지만 그래도 나름 괜찮았다.

"이곳 세계의 인간들 중에서도 제법 강한 축에 속하는 것도 흥미로웠고. 놈의 정신상태가 굉장히 흡족하였다."

대도 블랙이 강한 축에 속한다는 것이 딱히 놀라울 일은 없었다. 황궁에 침입하여 황궁에서 아끼는 무언가를 훔쳐서 달아났단다. 그 삼엄한 경비를 뚫고서 말이다.

결코 만만한 NPC는 아니다. 그런데 흥미롭다는 건 무슨 뜻인지 모르겠다. 다른 것도 아니라 정신상태라니.

"정신상태가 어땠지?"

"순수한 악의 힘. 그것을 숭상하는 놈이었다."

"악의 힘?"

"계약 상위주체. 네가 사용하는 것과 본질이 같은 힘. 그것 말이다."

별로 어려운 얘기는 아니었다. 한주혁의 본 클래스는 절대악이고, 절대악이 설정상 악의 힘을 사용한다는 게 이상한 일은 아니었으니까.

"이 세계를 그러한 힘으로 뒤덮고 싶은 열망이 가득한 놈이었다."

그것이 데미안에게 좋게 보였던 것 같다. 데미안은 그것이 마음에 들어 대도 블랙을 살려줬었고.

"그놈의 이름을 알고 있나?"

"알고 있지만 말해줄 수 없다."

"우리는 끈끈한 신뢰로 묶인 계약관계인데도 말인가?"

"그렇다 할지라도 말해줄 수 없다. 말해줄 수 없는 것이 아니라, 말할 수가 없다. 묵언의 계약을 해주었기 때문이다. 묵언의 계약을 깨기 위해서는, 계약이 파기되기를 원하는 자의 목숨이 필요하다. 계약 상위주체는 그것을 원하는가?"

그 목숨이라함은 곧 한주혁의 목숨. 한주혁이 고개를 절레절레 저었다. 이름 정도 알려고 죽을 수는 없지 않은가. 게다가 여기서 죽었다가는 델리트다. 여지껏 쌓아 올린 모든 것이 사라진다.

'흠.'

데미안과의 대화에서 한 가지를 또 깨달을 수 있었다.

'내가 많이 강해지기는 했는데……'

그럼에도 불구하고 데미안은 크게 동요하지 않는 것 같았다. 데미안의 말을 들어보면, 어렵지 않게 한주혁 자신을 죽일 수 있다고 말하는 것 같지 않은가.

"데미안. 나는 그사이 많이 발전했다."

"알고 있다. 계약 상위주체여. 네 성장 속도는 인간이라고 보기에 힘들 만큼 아주 빠르고 강렬하다."

데미안도 이미 알아봤다. 아서의 성장 속도가 어마어마하다고. 잠재력이 인간 수준을 아득히 넘어섰다고.

"그 정도 성장 속도면…… 마족 중에서도 최상위급 마족으로 올라설 수 있을 정도의 성장 속도로 짐작이 된다."

한주혁은 잠시 시험해 보기로 했다.

"내게 새로운 힘이 생겼다. 어느 정도인지 판단해 줄 수 있나?"

제대로 시험해 볼 수 있는 상대가 거의 없다. 제대로 쓰기도 전에 픽픽 죽어 나가니까. 플레이어들로는 실험이 안 된다. 그 대단하다는 성좌와 신강현도 파이어볼 한 방에 녹아내리지 않는가.

데미안이 고개를 끄덕였다.

"어떤 힘일지 짐작은 간다만."

"짐작이 간다고?"

"인간들은 특이한 힘을 사용하더군. 타고난 신체적 불리함과 약함을 넘어서기 위한 특별한 힘을."

그간, 악마의 대저택에서 많은 일이 있었던 모양이다. 대도가 찾아온 것은 확실해 보였고, 대도가 특별한 힘을 사용했던 것 같다.

"특별한 힘이란. 곧 초인의 영역을 뜻하는 것인가?"

"초인이라고 표현하기는 했다."

데미안이 어깨를 으쓱했다.

"초인이라는 표현은 너무 거창한 거 같긴 하지만."

그래서 한주혁도 한 번 확인해 봤다.

-스킬. '초인의 영역-1'을 사용합니다.

모든 능력치가 상승하는 괴물 같은 스킬. 초당 100의 M/P를 소모하여 육체적 한계를 초월해 버리는 스킬. 일반적인 플레이어를 상대로 하면 엄청나게 획기적인 스킬임에 틀림없었다.

하지만 데미안에게 큰 감흥을 주지는 못한 것 같다.

"계약 상위주체여. 주체가 말하는 그 블랙이라는 놈보다 숙련도가 부족한 것 같다."

"……."

한주혁은 순간 할 말을 잃었다. 만약 루펜달이 이 자리에 있었다면 충격을 받았을 것이다. 대도 따위의 숙련도가 형님보다 높다고? 그게 말이냐 막걸리냐! 이 힘만 센 등신 새끼야! 이렇게 외쳤을 것이다.

하지만 한주혁은 상황을 냉정하게 바라봤다.

'내 예상이 맞네.'

그가 가진 힘은 '초인의 영역-1'이다. 그의 예상대로, 그 이상도 있을 것 같다. 대도 블랙은 이미 그 영역을 개척한 상태고.

"계약 상위주체여. 내게 치명적인 상성이라는 것은 알겠다."

그러나.

"그 숙련도가 지나치게 낮은 것 같다. 오히려 원래의 힘이 더 큰 위압감을 선사하는 것 같군."

원래의 힘. 절대악으로서의 힘이 훨씬 크다는 얘기다. 절대악으로서의 힘을 사용하면 마족인 데미안에게 상당한 영향력을 행사할 수 있는데, 적대악으로서는 그렇게 큰 데미지를 주기 힘든 것 같았다.

"그러나 의도는 알겠다. 계약 상위주체의 말대로, 숙련도만 제대로 높일 수 있다면 우리에게 커다란 피해를 입힐 수 있을 것 같군. 아주 기분 나쁜 힘이다."

쉽게 설명하자면 한주혁이 '초인의 영역'을 사용한다 할지라도, 데미안에게 있어서는 거기서 거기라는 소리다. 초인의 영역을 통해 능력치를 대폭 높인다고 해도, 적대악으로서의 능력이 보잘것없었으니까. 적대악은 아수라파천무나 위압 같은 위협적인 스킬을 사용할 수 없으니까.

힘 파악도 대충 됐다.

'현재 이 정도로는 데미안에게 비빌 수준이 아니라는 거고.'

심지어 대도 블랙보다도 약한 거 같다. 플레이어 중 최강의 자리를 따낸 지는 꽤 오래됐는데, 이놈의 NPC들은 뭐가 이렇게 괴물 같은지 모르겠다. 사람들은 자신더러 '먼치킨'이라 칭송하지만, 아직도 갈 길이 먼 거 같다.

한주혁이 물었다.

"대도를 만날 수 있나?"

"안타깝게도 내가 도와줄 수 없겠군."

뭔 놈의 계약이 이렇게 많은지. 이것도 계약에 걸려 있어서 말을 해줄 수가 없단다.

"다만, 그놈이 내게 맡겨놓은 것이 두 개 있다."

한주혁이 데미안의 말에 집중했다.

"맡겨놓은 것?"

그럼 그렇지. 대퀘스트의 지류다. 그것도 대퀘스트로 향하는 메인 지류. 굉장히 큰 흐름 중 하나. 아무런 단서도 없이 끝날 리는 없다.

"내가 판단하기에 믿을 만한 자라면 이것을."

데미안이 손수건 하나를 건넸다. 검은색 손수건이었다.

"그리고 내가 판단하기에 믿을 수 없는 놈이라면."

또 다른 손수건을 건넸다. 하얀색 손수건이었다. 거기까지 말한 데미안이 한 번 가볍게 웃었다.

"물론 내 마음에 안 드는 놈이라면 일단 죽여서 심장을 씹어 먹었겠지만."

"……."

저 말이 농담이 아니라는 것도 잘 안다. 현존하는 모든 플레이어와 NPC를 통틀어서, 거의 최강이리라 짐작하는 NPC가 바로 데미안이니까.

NPC 중에서도 수위를 다툴 것이 분명한 '대도'마저도 어린

애 취급하는 것이 바로 데미안 아닌가.

한주혁이 어깨를 으쓱했다.

"그렇다면 나는 어느 부류에 속하지?"

"계약 상위주체여. 우리는 신성한 계약으로 묶여 있다. 그대의 뜻에 따르겠다. 그대가 고르도록."

이것과 저것 중에 고르라고?

"둘 다."

선택할 수 있다면 뭣 하러 하나만 고른단 말인가. 나름대로 둘 다 쓰임새가 있지 않겠는가. 둘 다 받는 게 좋다.

알림이 들려왔다.

-'블랙의 흰 손수건'을 획득하였습니다.
-'블랙의 검은 손수건'을 획득하였습니다.

간단했다. 여러 정보들을 획득한 한주혁은 악마의 대저택을 빠져나왔다.

'그러고 보면……'

악마의 대저택조차도 메인 시나리오의 하나로 포함되어 있다. 대도 블랙과 자신이 만날 수 있는 접점이 되었다.

'그렇다면 데미안이라는 NPC가 가지고 있는 시나리오와…….
내가 가진 시나리오도 연결이 되는 건가?'

아예 세계와 차원이 다른데.

'아직은 몰라.'

데미안의 존재가 메인 시나리오와 연관이 있는 하나의 핵이 될지, 아니면 메인 시나리오와는 별개로 이루어지는 완전히 다른 하나의 얘기가 될지는 아직 판단하기는 어려웠다.

그런데 여기서 의문점이 하나 생겼다.

'만약 진짜 성좌나 적대악이 악마의 대저택을 찾아왔었다면?'

원래는 진짜 성좌나 적대악이 이곳을 찾아왔어야 했다. 만약 그랬다면?

'모두 죽었겠지.'

퀘스트를 클리어하지 못했을 거다.

'잘 모르겠군.'

왜 이런 퀘스트가 주어졌고, 악마의 대저택이 메인 시나리오의 흐름 중 한 축을 담당하는 지점이 된 건지도 모르겠다. 좀 더 부딪쳐 봐야 알 것 같았다.

'그럼 이제……'

듀퐁이라는 NPC에게 가야 했다. 그 NPC가 이번 퀘스트를 담당하는 퀘스트라나 뭐라나.

에르페스 제국령. '벤티'라는 중간급 규모의 영지. 그곳으로 향했다.

에르페스 제국령 벤티. 제국의 제국령답게 들어가는 것부터가 상당히 귀찮았다.

워프로 이동할 수 없게 되어 있다. 마나 방해장이 펼쳐져 있었고, 바로 연결되는 워프 포탈도 없었으니까. 무조건 성문을 통해 지나가야 했다. 게다가 이곳에 최근 중요한 퀘스트가 떨어졌는지는 몰라도 수많은 플레이어들이 몰려 있는 상황.

들어가려는 플레이어들도, 그들을 검사하는 NPC들도 지친 모양새였다.

'검사도 한 번이 아닌가 보네.'

성 안쪽에 무슨 금덩이라도 숨겨놓은 건지. 검사 및 검문을 5중으로 진행했다. 그 시간이 한참 걸렸다.

1차적으로, 빠르게 플레이어들을 걸러내는 임무를 수행하고 있는 경비병이 말했다.

"신분증."

제국에서 공증하는 특별한 신분이 없다면 들어갈 수 없다는 얘기다.

'이런 게 필요해?'

다행히 한주혁에게는 특별한 신분이 있다. 신분증을 받아 든 경비병이 눈을 크게 떴다. 혹시 몰라 여러 번 살펴봤다.

"모, 몰라뵀었습니다!"

한주혁에게는 미스릴로 만든 신분증이 있다. 펜릴의 명예영주임을 증명하는 신분증이다.

"바로 안으로 모시겠습니다. 제가 안내하겠습니다."

한주혁은 5중으로 이어지는 5번의 검사를 받지 않아도 되었다. 길게 늘어선 줄을 가로질러 바로 입장했다.

중앙 광장을 지나 서쪽으로 이동했다.

'저기인가?'

한 건물 안으로 들어갔다. 주변을 둘러보니 풍경이 약간 익숙했다.

'여긴……'

뭐랄까. 지구로 치자면 은행에 가까운 모습이었다. 수많은 플레이어들이 의자에 앉아 대기하고 있었다. 대기표도 존재했고, 플레이어를 상대하는 창구 NPC들도 여럿 존재했다.

'제국에서 공증하는 신분증을 가진 플레이어만 들어올 수 있는 영지라면, 나름 중수 이상의 플레이어들이겠네.'

입구 바로 앞. 안내 데스크라 짐작되는 곳 앞에 서 있던 남자 NPC가 심드렁한 표정으로 말했다.

"퀘스트 때문에 왔수? 번호표 뽑고 기다리슈."

턱으로 대충 가리켰다. 귀찮아 죽겠다는 듯 그는 인상을 잔뜩 찡그리고서는 의자로 가서 앉았다. 한주혁이 보니, 한쪽 벽면에 번호를 인쇄해 주는 기계가 있었다. 현실 속 은행과 상당히 비슷한 형태였다.

한주혁이 말했다.

"듀퐁이라는 NPC를 만나고 싶은데요."

의자에 앉았던 NPC가, 안 그래도 찡그렸던 인상을 더더욱 찡그렸다. 이해할 수 없는 말을 내뱉었다.

"하. 또냐?"

5장
제국의 특사

"하. 또냐?"

인상을 잔뜩 찡그린 중년 남자 NPC의 이름은 데프탄.

벤티 영지. 그곳의 퀘스트를 주로 담당하는 퀘스트 창구인 '퀘스트 뱅크'에서 일하고 있는 NPC다.

"도대체가 플레이어 놈들은 잘해주면 잘해주는 것도 모르고 이용하려든단 말이야."

데프탄은 기분이 많이 나빠졌다. 듀퐁 백작님은 데프탄이 보기에는 천사였다.

한주혁은 문득 무언가를 떠올렸다.

'어. 그러고 보니.'

듀퐁 백작. 이름을 들어본 거 같다. 올림푸스 내에서 들었으면 스쳐 가듯 들어도 기억했을 텐데, 정확하게 기억나지 않는 걸로 보아 현실세계에서 봤던 것 같다.

'게시글 제목이 호구 백작 등쳐먹기…… 였던 것 같은데.'

정확하게는 기억 안 난다. 다만, 최근에 개방된 에르페스령 영지에는 듀퐁 백작이라는 돈 많은 NPC가 있는데 그 퀘스트에게서 돈을 뜯어낼 수 있다는 글이었던 것 같다.

'기억나네.'

기억나기 시작했다.

'퀘스트를 받아온 척해서 일단 만난 다음 불쌍한 척을 하면 30만 골드를 준다고 했던가.'

크다면 크고, 적다면 적은 금액이다. 30만 골드면 현실 속 30만 원과 비슷한 가치를 지니니까.

'아. 그 듀퐁이 여기 듀퐁이었어?'

그때는 그냥 별생각 없었다. NPC들은 분명 인격을 가진 개체지만, 많은 사람들은 또 NPC들을 그냥 게임 속 프로그램 같은 것으로 생각하기도 했으니까.

'뭐였더라. 데프탄? 요즘은 그 NPC 때문에 좀 힘들어졌다고 투덜대더라니.'

이 NPC가 바로 데프탄인 것 같았다. 듀퐁 백작은 여전히 호구 NPC인데, 그 전 단계. 데프탄을 넘어가기가 힘들다나 뭐라나.

한주혁이 피식 웃었다.

"뭐가 웃기다고 웃지?"

데프탄의 이마에 힘줄이 돋았다. 표현상 힘줄이 돋은 것이 아니라, 실제로 힘줄이 돋았다. 핏줄이 팽창하여 터질 것 같았다. 어지간히도 플레이어를 싫어하는 모양이었다. 표정만 보면 지금 당장에라도 폭발할 것 같았다.

상황을 지켜보던, 의자에 앉아 자신의 차례를 기다리던 플레이어들이 쑥덕거렸다.

"야야. 쟤 또 발작하겠다."

"데프탄 저 새끼만 없었어도 꽁돈 30만 원 생기는 건데."

그런데 조금.

"야. 근데 저 사람 낯익지 않냐?"

"……그러게?"

어두운 계통의 로브. 그다지 특이할 것 없는 마법사의 복장이다. 아이템 자체는 그렇게 특출한 것 같지 않다. 얼굴도 그냥저냥 평범했다. 길거리에서 그냥 스쳐 지나가면 기억나지 않는 그런 평범한 사람.

그런 사람 중에 한 명 같기는 했는데. 한 가지 특별한 점이 있었다.

"야. 혹시 저 사람……."

"혹시……."

플레이어들이 점점 더 크게 쑥덕거리기 시작했다.

"설마 앤서?"

"적대악?"

영상을 통해 적대악 앤서를 많이 접했다. 한국 대형 포탈 검색어 상위권에 '적대악' 혹은 '앤서'가 도배되지 않았던가.

"에이 설마. 적대악같은 초고수가 중급 퀘스트가 대부분인 벤티를 왜 왔겠어?"

"그건 그렇긴 한데…… 적대악이 처음에 퀘스트 얻은 곳을 생각해 보면 그렇게 이상한 것도 아냐."

"처음 얻은 곳?"

"너 그것도 모르냐?"

적대악이 맨 처음 퀘스트를 받아 이름을 떨치기 시작한 곳은 다름 아닌 남쪽 지방 '젤르두아'였다.

"처음에 마법사들의 무덤 클리어할 때, 젤르두아에서 급하게 합류한 플레이어라고 다들 개무시했었대."

"적대악을?"

"어. 레벨도 낮고 메인 출신이 아니니까 무시한 모양이야. 어쨌든 결과적으로 새로운 4강으로 등극했고."

젤르두아까지 가서도 퀘스트를 받는데, 벤티 와서 퀘스트 못 받을 이유가 없지 않은가.

"대박이다. 앤서 맞는 거 같아. 이거 진짜 대박이다."

평생 저런 초고수는 옆에서 보기도 어렵다. 어쩌면 절대악의 유일한 대항마가 될지도 모를 사람 아닌가.

"근데 저 깐깐한 데프탄새끼가 또 발광하는 거 아닌가 몰라."

'듀퐁 백작에게서 30만원 뜯어내기' 공략법이 유행한 이후로, 데프탄은 플레이어들을 거의 혐오하다시피 했다. 듀퐁 백작을 만나고 싶어 하는 모든 플레이어들을 내쳤다.

데프탄은 완력이 어마어마한 NPC였는데, 저 NPC에게 죽기 직전까지 얻어맞은 플레이어들도 부지기수였다.

"데프탄은 플레이어랑 백작을 절대 연결 안 시켜주겠다고 떠들고 다니던데."

그래서 어떻게 될지 궁금했다. 앤서가 무언가를 내밀었다. 그것을 본 데프탄의 눈이 휘둥그렇게 커졌다.

"이, 이것은……!"

꼬장꼬장한 NPC. 플레이어들을 혐오하는 NPC인 데프탄이 허리를 90도로 숙였다.

"죄, 죄송합니다. 미처 몰라뵈었습니다!"

목소리가 굉장히 컸다. 자신의 일에 집중하고 있던, 창구의 NPC들마저도 이쪽을 집중할 만큼. 그 목소리가 이 공간을 가득 채웠다. 플레이어들은 고개를 갸웃했다.

"뭐지?"

"뭔데 저 깐깐한 새끼가 저렇게 굽신거려?"

뭔지는 모르겠는데 상황이 평소와는 아주 많이 다른 것 같았다.

"펜릴의 영주께서 직접 방문하여 주시다니. 영광입니다."

"별말씀을."

한주혁은 쉽게 갈 수 있는 길을 놔두고 어렵게 돌아가지 않았다. 미스릴 신분증을 제시하면서 펜릴의 명예영주임을 증명했다.

한주혁에게 알림이 들려왔다.

-데프탄이 앤서 님의 칭호를 확인합니다.

칭호. 펜릴의 영웅.

"영웅을 앞에 두고도 알아보지 못한 이 미천한 눈을 뽑아버리겠습니다."

사정을 들어보니 펜릴에 아들이 있었다나 뭐라나. 그래서 펜릴의 영웅을 알아보지 못하고 무례를 저지른 것이 너무나 부끄럽고 창피하단다. 죄송하다고 거듭 사과했다.

'이것도 제우스의 안배인가.'

대퀘스트를 향해 나아가는 그 과정에 있어서, 아주 사소한 것들조차 안배되어 있는 것 같은 느낌을 받았다.

"이쪽으로 안내하겠습니다. 이쪽으로 오시죠."

한주혁은 앉아서 기다리고 있는 플레이어들을 사이를 가로질렀다. 위층으로 올라가는 통로로 향했다.

플레이어들이 또 쑥덕거렸다.

"최근에 듀퐁 백작 만난 플레이어는 없던 거 같은데."

"다 데프탄에서 잘렸지."

확실히.

"적대악은 적대악인가 보다."

뭔가 다르긴 달랐다.

"저기 VIP실 아니냐?"

"저기로 이동한 플레이어는 아무도 없었다고 했는데."

아주 가끔, NPC들이 저쪽으로 가는 것이 목격되기는 했는데 플레이어로는 최초였다.

어쨌든 한주혁은 2층으로 올라갔다. 2층 복도 끝에는 워프 포탈이 마련되어 있었다.

"백작님의 성으로 이동하는 워프 포탈입니다."

워프 포탈을 타고서, 듀퐁 백작의 성으로 직행했다.

⁂

천세송은 재미있는 제안을 하나 받았다.

"미스 에르페스요?"

"그렇습니다."

미스 에르페스라는 것이 있단다. 에르페스 제국에서 가장 아름다운 여자를 뽑는 대회란다.

현실로 치자면 미스 코리아나, 미스 유니버스 같은 대회. 그 비슷한 것이 에르페스 제국에도 있단다. 원래는 NPC들만의 축제였는데 최근에 플레이어들에게도 개방이 되었다고 했다.

"제가 본 모든 여성분들 중 가장 아름다우시니까요."

"생각해 볼게요."

미스 에르페스가 되면 제국으로 부터 상당한 서포트를 받을 수 있다고 했다.

'좋은 아이템이라도 받으면……'

오빠한테 도움이 될 수 있을 것 같다. 가장 마음에 드는 것은 '면책특권'이었다. 황제의 직인이 찍힌 '면책특권' 아이템은 황제를 직접 죽이려는 것을 제외한 모든 행위에 대해, 1회에 한해 용서를 한다는 내용이 담긴 문서였다.

'오빠한테 도움이 될 거야.'

제국이 얼마만큼 강한지 아직도 잘 모르겠다. 그러한 상황에서 '면책특권' 같은 문서를 하나 받아 놓으면 절대악인 한주혁에게도 큰 도움이 될 거라고 생각했다.

"참가신청은 모레까지입니다. 제가 보기에 당신은 무조건적으로 1등을 차지할 수 있을 것 같습니다."

그의 말은 진심이었다. NPC와 플레이어를 통틀어서 이렇게 아름다운 여자는 본 적이 없다. 1등은 떼 놓은 당상이다.

그가 명함을 줬다.

"좋은 소식 기다리겠습니다."

한주혁은 듀퐁 백작과 만났다. 인터넷상에서 봤던, 듀퐁 백작의 모습과 똑같았다. 불그스름한 끼가 도는, 굉장히 하얀 얼

랜덤
플레이어   17

굴. 약간 나온 배.

'서양 영화에 나오는 맘씨 좋은 백인 뚱뚱이 같은 느낌이네.'

딱 그 정도 느낌이었다. 간단한 인사를 나눈 뒤, 본론을 꺼
냈다. 한주혁이 말했다.

"수상한 저택 탐사를 끝냈습니다."

"옷⋯⋯!"

듀퐁 백작이 눈을 크게 떴다.

"그 퀘스트는 S급 이상의 플레이어들에게만 주어진다고 들
었습니다만⋯⋯!"

그 사소한 한마디에 한주혁은 깨달을 수 있었다. 그 사소함
속에 단서가 들어 있었으니까.

'시스템이 준 퀘스트가 아니라 제국이 준 퀘스트네.'

퀘스트의 주체는 제국이었다. 제우스가 아니라.

"무엇인가를 알아냈습니까?"

"특별히 수상한 점은 없었습니다."

없지 않다. 사실 그곳에는 마계 서열 2위, 데미안이 살고 있
다. 아마 보통의 플레이어들이면, 특히나 성좌 계열의 플레이
어였다면 들어가자마자 죽었을 거다.

"흠. 그렇군요."

듀퐁 백작이 정보를 쏟아냈다.

"그곳에 이상한 점이 감지되었거나⋯⋯ 실례되는 말이지만
앤서 님께서 사망하셨다면 제국의 기사단이 파견되었을 것입

니다."

거기서 또 다른 단서를 얻었다.

'여전히 기사단을 먼저 파견할 수 있는 여력이 없는 거네.'

대공이 권력을 장악한 뒤, 어느 정도 안정을 찾아가는가 싶었더니 갑자기 '대도 블랙'이라는 자가 나타나 황궁의 어떤 중요한 물건을 훔쳐갔다.

그리고 대도 블랙과 뜻을 함께하는 젊은 영웅 칸트가 또 에르페스 제국을 어지럽히고 있는 상황.

'안정기에 접어드나 했더니. 그것도 아닌 모양이군.'

좋다. 제국이 혼란스러우면 혼란스러울수록, 자신도 그만큼 더 많이 성장할 수 있을 테니까.

'과연…… 기사단을 파견한다고 해서 데미안을 어떻게 할수 있을지는 모르겠지만.'

또 모른다. 제국의 힘이 어느 정도인지. 한주혁 본인도 잘모르니까.

"저택 자체에 큰 수상함은 찾을 수 없었으나 한 가지 흔적을 찾았습니다. 매우 중요한 단서라 짐작이 됩니다."

약간은 실망하고 있던 듀퐁 백작의 얼굴에 화색이 돌았다.

"옷! 그것이 무엇입니까?"

"이것입니다."

데미안이 그랬다. '믿을 수 없는 자에게는 흰 손수건'을 전해달라고 했다. 한주혁은 흰 손수건과 검은 손수건 둘 다 받았고.

듀퐁 백작이 고개를 갸웃했다.

"손수건…… 입니까?"

"대도 블랙의 흔적이 남겨진 손수건입니다."

"확실히 그렇군요."

아이템의 이름부터가 '대도 블랙의 흰 손수건' 아닌가.

"좋습니다. 대단한 성과입니다. 과연. 과연 S급 플레이어답습니다! 제가 바로 황궁에 보고 올리도록 하겠습니다! 잠시만! 아주 잠시만 기다려 주십시오! 옷!"

한주혁은 극진한 대접을 받으며 1시간 정도 기다렸다. 듀퐁 백작이 헐레벌떡 뛰어왔다. 얼마나 열심히 뛰었는지 이마에 땀이 송골송골 맺혀 있었다.

"아주 훌륭한 단서를 찾아준 S급 플레이어 앤서 님에게 새로운 임무가 하달되었습니다."

알림이 들려왔다.

-새로운 퀘스트가 부여됩니다.

그랬는데 잠깐 퀘스트 부여가 멈췄다.

"아 참. 내 정신 좀 봐. 훌륭한 성과를 내신 앤서 님께 특별한 선물을 드려야 하는데."

정신이 좀 오락가락하는 것 같았다. 혼자 바빠 보였다.

"아. 아니지. 이건 새로운 임무에 꼭 필요한 것입니다. 퀘스트 부여와 함께 보상을 전달하도록 하겠습니다. 옷! 옷!"

다시 알림이 들려왔다.

-퀘스트. '제국의 특사'가 부여되었습니다.

-퀘스트. '대도의 흔적을 찾아서'에 대한 보상이 함께 주어집니다. 보상은 인벤토리 내에 귀속됩니다.

한주혁은 퀘스트의 이름을 보는 순간. 깨달을 수 있었다. 이 것은 단발성 퀘스트가 절대로 아니었다.

'이번에도 역시.'

확실했다.

'메인 흐름에서 벗어나지 않아.'

상세 내용을 확인해 보기로 했다.

올림푸스. 그중에서도 한국 기반의 두 대륙인 센티니아, 루니아 대륙에 내의 메인 흐름. 그것은 작게 보면 '절대악 VS 7개의 성좌'의 흐름이고, 크게 보면 '기득권 VS 신흥세력'의 흐름이라 볼 수 있다.

넓은 관점에서 보자면 스카이데블을 통솔하는 절대악은 신흥세력이며, 제국을 관장하는 에르페스는 기득권이다. 그리고 '적대악'은 그 기득권에 포함된 힘이고.

<제국의 특사>

에르페스 제국의 명령을 받들어 특사로 파견됩니다. 특사 파견 지역은 새로이 창조된 대륙인 '아서 대륙'입니다.

놀랍게도 '아서 대륙'의 창조자는 플레이어로 알져져 있습니다. 제국은 플레이어가 어떻게 대륙을 창조할 수 있었는지 자세한 내막을 알고 싶어 합니다.

'제국의 특사'를 부여받은 플레이어는 최소 30분 이상 아서 대륙의 창조자와 대화를 나눠야 합니다.

+상세설명

상세설명도 열어봤다.

<상세설명>

사실 에르페스 제국에서 아서 대륙에 특사를 파견한 것은 처음이 아닙니다. 대사제 제라툰이 이미 특사로 보내진 바 있습니다. 그러나 제라툰은 아서 대륙에서 아서 대륙의 패자인 아서의 심복을 먼저 죽이는 우를 범하고 말았습니다.

그 과정에서 절대악은 에르페스 제국을 향한 약간의 적개심을 표출하였습니다. 반역으로 보기에는 어렵지만 이는 에르페스 제국 산하의 플레이어로서, 부적절한 언행입니다.

에르페스 제국의 명령을 받들어 그간의 무례를 사과 받으십시오. 사과를 증명하는 귀중한 보물을 받아오거나 인질을 데려오는 것은 에르페스 제국의 영광을 증명하는 일이 될 것입니다.

퀘스트의 완벽한 클리어를 위하여 필요한 것들은 다음과 같습니다.

1) 30분 이상의 대화.

2) 사과/굴복의 내용이 담긴 일체의 문서.

3) 볼모(인질)로 활용 가능한 절대악 휘하 상위급 NPC/플레이어

4) 에르페스 제국에 성의를 표할 수 있는 레전드급 이상의 아이템/보물.

* 모든 요건을 완벽하게 만족하지 않아도 퀘스트 클리어는 진행됩니다. 단, 퀘스트 클리어 보상은 상황에 따라 달라질 수 있습니다.

'이거 뭐냐?'

이걸 클리어하라고 만들어놓은 건지, 아니면 그냥 냅다 던지는 퀘스트인지 모르겠다.

'제국 이 새끼들……'

만약 자신이 한주혁이 아니라 일반적인 적대악이었다면, 이 퀘스트는 클리어가 불가능한 퀘스트다.

'정말로 클리어하라고 만든 거냐?'

되면 좋고. 아니면 말고. 이 정도 느낌이라기보다는 오히려 적대악으로 크고 있는 자신을 묵사발 내려는 것 같다.

'광야의 빈곤을 선택한 것에 대한 보복인가?'

퀘스트 내용이, 다분히 보복성에 가깝지 않은가. 아무리 적대악이 강해도 절대악에게는 안 된다. 적대악의 성장 속도도 어마어마하지만, 절대악의 성장속도도 어마어마하지 않았는가.

그런데 또 마냥 보복이라 보기에도 좀 애매한 구석이 있었다.

'그게 아니라면……'

제국이 요즘 정말로 바쁜 것일 수도 있다. 원래 사소한 일 하나를 해결하는 것은 어렵지 않다. 그러나 중요한 일 여러 개를 신경 써야 하는데, 개중 사소한 일을 하나 더 하는 것은 매우 어렵다. 신경이 분산되니까.

'제국의 특사' 퀘스트가 활성화됨과 동시에 '대도의 흔적을 찾아서'에 대한 보상도 함께 주어졌다. 사실상 '대도의 흔적을 찾아서'의 단독 보상으로 볼 수는 없었다.

이건 '대도의 흔적을 찾아서'에 대한 보상이라기보다는, '제국의 특사' 퀘스트를 위한 사전 작업 같은 느낌이었다.

-특사의 특권이 담긴 임시 신분증이 주어집니다.

-임시 신분증에 담긴 권능. 특사의 특권을 사용하면 제국령 소속의 모든 NPC들로부터 극진한 대접을 받을 수 있습니다.

일시적으로 사용할 수 있는 신분증이 새로이 생겼다. 원래 갖고 있던 미스릴 신분증보다 훨씬 높은 등급의 신분증인 듯했다.

'그러나 이거 자체를 보상으로 보기에는 좀 애매하지.'

특사로 보내려면 특사에 걸맞은 뭔가를 줘야 한다. 그러니까 '대도의 흔적을 찾아서'를 클리어하지 않더라도, 이건 무조건 줘야 하는 권리라는 뜻이다.

이건 눈 뜨고 코 베이는 격 아닌가.

'설마 끝은 아니지?'

다행히 끝은 아니었다. 무언가가 또 주어졌다.

-마법서가 주어집니다.

-마법서가 인벤토리에 귀속됩니다.

'마법서?'

바로 살펴봤다.

<죄인의 낙인>

상대 플레이어/NPC에게 죄인의 낙인을 내릴 수 있습니다. 죄인의 낙인을 받은 플레이어/NPC는 제국의 공적으로 간주됩니다. 해당 스킬을 사용한 플레이어 혹은 제국의 공작급 이상 NPC만이 해당 스킬의 효과를 해제할 수 있습니다.

단, 해당 스킬을 사용하면 타인이 지정한 죄인의 낙인을 해제할 수 있으며 사용가능 횟수는 '죄인의 낙인' 사용횟수와 동일하게 적용됩니다.

'이걸 좋다고 해야 할지. 말아야 할지.'

조금 애매한 구석이 있었다. 딱히 사용할 필요도 모르겠고, 죄인의 낙인을 내리거나 회수할 수 있는 스킬. 다섯 번이라는 횟수 제한도 걸려 있다.

한주혁이 인상을 살짝 찡그렸다.

"아니. 백작님."

"예엣? 왜 그러시지요? 옷?"

백작은 두 눈을 동그랗게 떴다. 순둥순둥한 눈망울이 마치 송아지 같았다.

"인간적으로 이건 너무한 거 아닙니까?"

"무, 무슨 뜻인지 모르겠습니다. 오옷!"

이전 퀘스트에서 말하던 '수상한 저택'의 정체는 '악마의 대저택'이었다. 무려 악마의 대저택. 최상급 마족 데미안이 살고 있는 그곳 아닌가.

그곳을 탐사하고 돌아와서 심지어 대도가 남긴 흔적(물론 가짜나 다름없는 흰색 손수건이지만)까지 넘겨줬는데. 겨우 보상이 이따위라니.

"대도의 흔적까지 찾아왔는데 보상이 겨우 이렇다는 건 좀……."

듀퐁의 콧구멍에서 콧물 한 방울이 뚝 떨어져 내렸다.

"어. 음. 그, 그것이……."

듀퐁은 이해할 수 없었다.

"트, 특사는 아주아주아주 명예롭고도 긍지 높은 자리이긴 합니다만……."

듀퐁의 상식으로는 '특사'란 어마어마한 것이다. 제국 황실의 대리인 아닌가.

만약 자신이었다면 행복해했을 거다. 게다가 특사 정도 되면, 써먹기에 따라 엄청난 권력도 뒤따라오게 마련 아닌가.

"아니. 백작님. 제가 플레이어인 거 잊었어요?"

그런 명예. 긍지. 그런 것 따위 플레이어에게 별로 중요하지 않다. 제국에 충성하는 NPC들한테나 중요한 거지. 제국 NPC가 특사가 되면 만세를 불렀겠지만 자신은 플레이어다.

"제가 진짜 피똥 쌌거든요. 거기 갔다 오느라고."

"무, 물론 그랬을 것입니다. 오오옷……!"

물론 피똥 싸지 않았다. 운 좋게도 수상한 저택은, 자신과 충성 서약을 맺은 충성 대상자의 집 아니었던가. 전에는 집들이까지 했었다. 그런 집 한 번 놀러 갔다 왔는데 피똥을 쌀 리 없다.

"명예 같은 건 아무래도 중요하지 않아요."

"그, 그것도 그렇군요. 오옷……!"

백작은 고심에 빠져들었다. 어떡하지. 어떡하지. 어떡하지. 그는 실제로 발을 동동 굴렀다.

"미, 미인을 드릴까요? 벤티는 예로부터 미인의 고장으로 유명하였습니다! 오옷! 지금 당장 네 명의 미인을 드릴 수 있습니다. 옷!"

한주혁이 고개를 저었다. 미인의 고장이면 뭘하나. 아직까지 우리 세송이보다 예쁜 여자는 본 적이 없다. 천세송 말고 다른 여자는 눈에 들어오지도 않는다. 한주혁이 다분히 의도적으로 영상 기록 스톤을 꺼냈다.

영상 기록 스톤에는 천세송이 담겨져 있었다.

"이 사람보다 예뻐요?"

"……."

백작이 땀을 뻘뻘 흘렸다.

'크, 큰일이다! 옷! 오옷!'

영웅은 미인을 좋아한다. 남자치고 여자 싫어하는 사람 어디 있단 말인가. 듀퐁은 그렇게 생각했다. 그런데 영상 기록 스톤에 담긴 미인은, 그로서도 처음 보는 미인이다. 아니, 미의 여신이 인간의 모습으로 강림한 것 같다고나 할까.

"이, 이분보다 아름다운 여인은 본 적이 없습니다. 오옷."

천세송보다 예쁠 리도 없지만, 만에 하나 더 예쁘다고 해도, 한주혁의 눈에는 안 들어온다. 한주혁에게 여자는 오로지 천세송뿐이니까. 천세송을 떠올린 한주혁은 저도 모르게 살짝 웃었다.

듀퐁은 더더욱 당황했다.

'우, 웃었어!'

무슨 생각을 하고 있는데 웃는단 말인가. 뭔가. 뭔가 무섭다. 아주 무시무시한 것을 떠올렸다. 무서웠다. 이제는 일반 플레이어가 아니다. 무려 제국의 특사. 황제의 직인을 가진 신분이다.

그 신분을 갖게 된 플레이어가 영 기분이 안 좋아 보인다.

"그, 그렇다면······!"

듀퐁은 거의 울기 직전. 그 커다란 눈망울에 눈물이 가득 맺혔다. 이쯤 되니, 한주혁도 미안할 지경이다.

"그럼 그냥 간단하게 마법서로 하죠."

마법서는 구하기가 굉장히 힘들다. 그나마 기본 마법서들은 시중에 돌아다니지만, 실제로 '좋은 마법'에 속하는 상위급 마법서들은 돈이 있어도 구할 수가 없다. 보통 플레이어들이 마법을 익히는 방법은 각 클래스의 레벨이 높아져 저절로 익힐 수 있게 되는 '클래스 마법' 정도가 대부분이다.

"백작님쯤 되면 마법서를 좀 구할 수 있잖아요?"

"오······ 오옷······!"

"그렇죠? 백작님 정도 되는데 마법서 못 구하겠어요?"

상위급 NPC들은 비교적 마법서를 구하기 쉽다. 결국 마법서를 만드는 것도 마법사 NPC니까.

"노, 노오력해 보겠습니다! 옷!"

에르페스 제국의 특사가 마법서를 구한다는 소문이, 듀퐁 백작으로부터 시작되었다.

한주혁이 듀퐁에게 마법서를 요구한 것에는 특별한 이유가 있었다.

"이것은 베르디가 부족하기 때문이어요. 베르디를 혼내주시 와요. 베르디는 혼이 날 준비가 되어 있답니다."

그런데 왠지 베르디는 좀 혼이 나고 싶은 것 같다.

"격하게 혼내주시와요."

그러면서 마법으로 검은색 채찍을 소환했다. 한주혁은 베르 디의 머리를 살짝 쥐어박았다. 속 나이야 어찌됐든, 일단 겉으로는 소녀에 가까운 모습을 하고 있는 베르디다.

어쨌든 베르디는 다시 한번 사과했다.

"베르디의 마법을 주군께서는 사용하기가 힘들 것이어요."

한주혁의 레벨이 높아지면서 두 가지 스킬을 익힐 수 있게 됐다. 하나는 광역기인 '블랙 필드'이고, 또 하나는 일반 공격기 인 '흑장미의 가시'다.

당연히. 베르디로부터 내려온 독문 스킬이니 파괴력이나 공 격력은 파이어볼에 비할 수가 없다. 파이어볼은 아무리 날고 기어도 파이어볼이다. 한주혁의 평타가 아무리 강해도 아수 라파천무보다 강할 수는 없다. 같은 이치다.

"제국에서 내 정체를 알아차릴 테니까."

본질 자체가 제국에서 경멸하는 악/마 속성의 힘이다. 그래서 적대악으로 활동할 때에는 이 힘을 사용하기가 어렵다.

"제국 마법들을 익힐 수 있으니 괜찮아."

정말로 필요한 순간이 왔을 때. 그때 진짜 힘을 꺼내들면 된다. 일단은 듀퐁이 마법서들을 구해주겠다 약속하였으니, 급한 대로 제국의 마법을 사용하면 된다.

한편, 한국인들은 굉장히 흥분했다. 적대악이 제국의 특사 신분으로 절대악에게 파견된다는 내용.

"절대악과 적대악이 만난다고?"

"둘이 싸우려나?"

"적대악은 아직 절대악한테 안 되지."

"그래도 제국의 지원을 업고 있잖아. 어떻게 될지 몰라."

사람들은 적대악과 절대악이 싸우면 누가 이기느냐에 대해, 서로 열을 내며 목소리를 높였다.

"근데 절대악이 적대악을 진짜로 죽일 수도 있는 거 아닌가? 절대악쯤 되면 델리트 능력도 갖고 있을 거 같은데."

"절대악이 플레이어를 함부로 델리트시킬 거 같지는 않고……."

절대악은 세계의 영웅 아닌가. 그런 사람이 적대악이, 자신에게 위협이 된다는 이유로 없애버리지는 않을 것 같다.

"제국이 머리를 좀 썼네. 저번에도 특사 파견했다가 개망신 당했잖아."

그때의 망신을 만회할 수 있는 기회다. 그것도 '적대악'이라는 새로운 상징을 가진 플레이어를 통해. 제국 입장에서, '바깥 세계의 영웅'인 절대악이 적대악 플레이어를 함부로 어떻게 하지 못할 거라는 판단을 내렸을 확률이 높았다.

3충성도 그렇게 판단했다.

-내가 아는 절대악이라면 적대악을 어떻게 하지 못함. 바르고 깨끗한 사회를 만들겠다는 절대악의 신념에 너무 어긋남.

물론 한주혁이 '바르고 깨끗한 사회'를 만들려고 한 적은 없다. 그냥 상식적인 사회. 이상하지 않은 사회. 딱 그 정도를 원했다. 사람들이 생각하기에 절대악이 워낙 이상적인 영웅이라서 그렇지.

-그래서 제국이 굳이 적대악을 절대악의 특사로 파견한 것임. 잘되면 좋은 거고. 아니면 말고. 또 어떻게 보면 지금 새로운 국면에 접어들었음.

기존의 기득권은 절대악이 무너뜨렸다. 이제는 절대악이 기득권이다. 그 기득권을 향해 적대악이라는 칼날이 움직이고 있는 것처럼 보였다.

-나는 둘의 만남이 어떻게 이어질지 판단할 수가 없음. 적대악이 절대악처럼 상식적인 사람이기를 바람. 결과가 어떤 식으로 나오든. 인류의 상식적인 발전에 이바지 되면 좋겠음.

그것이 대다수 사람들의 소망이었다. 절대악은 지극히 상식적이었다. 나쁜 걸 보면 나쁘다고 생각할 수 있는 사람. 한국 사회가 지극히 잘못된 방향으로 흘러가고 있다는 걸 알아차릴 수 있는 사람. 한국 사회에 신귀족 따위는 없어야 하는 게 맞다고 생각하는 사람.

그런데 한 가지 소식이 알려졌다. 절대악과 적대악의 만남이 비밀리에, 비공개로 진행된다는 소식이었다.

아서(한주혁)가 피식 웃었다.

"이렇게 진행할 수밖에 없지."

아서 옆에는 천세송이 섰다. 현실에서와 마찬가지로 한주혁에게 팔짱을 꼈다.

"사람들이 엄청 궁금해해요. 아니. 궁금해해."

아직 반말이 입에 익지 않았다. 그래서 요즘은 존댓말과 반말을 섞어 쓰고 있는 중이다.

"적대악과 절대악이 만나면 어떻게 될지. 엄청 궁금한가봐."

사실 별거 없다. 애초에 둘은 계속해서 만나고 있는 중이다. 절대악 아서가 한주혁이고, 그 한주혁이 적대악 앤서니까. 그것까지는 굉장히 좋았다. 너무나 쉽게 클리어가 가능할 거라고 생각했으니까.

"다만 문제는……."

문제가 남아 있었다. 한주혁도 처음에는 생각하지 못했던 문제였다.

6장
괴짜 마법사?

듀퐁 백작은 오래된 친구인 갈튼 백작에게 말했다.

"갈튼, 이봐. 내 친구. 오옷."

"그 개 같은 오옷 좀 안 붙이면 안 되나?"

"이건 어쩔 수 없어. 내 습관이라 고칠 수가 없네. 오옷!"

갈튼 백작은 오늘 듀퐁 백작이 아주 이상하다는 걸 느꼈다.

"오늘은 무슨 개수작을 부리려고 온 거야?"

이 친구.

"또 플레이어인지 뭔지 하는 그 허접한 것들한테 사기를 쳐 먹고 온 것은 아니겠지?"

"그런 것은 아니네. 오옷! 이상하게 요즘은 플레이어들이 접 근하지 않는군! 옷! 옷! 오옷!"

"그거야……."

말을 해줘도 모른다. 이 덜떨어진 친구는 평생 이렇게 살아왔다. 이제 와서 무슨 말을 해줄까.

'그거야 데프탄이 중간에서 컷을 하니까 그런 거지.'

그냥 말해주지 않기로 했다. 착하게 살면 복이 온다고 믿는 친구다. 복이 찾아오고 있다고 생각하는 모양인데, 그냥 그렇게 믿는 것이 행복할 수도 있다.

"그래서. 오늘 꿍꿍이는 뭔데? 사기당한 것도 아니고. 보증 선 것도 아니고. 내가 알기로 최근 빚을 진 것도 없고. 뭐지?"

"친구. 혹시 마법서 좀 갖고 있는 거 없나? 옷? 옷? 옷?"

"마법서?"

마법서.

"그 귀한 것을 내가 갖고 있을 리 있나? 있었으면 진작 팔아먹었지."

"그건 그래."

"그런데 마법서를 왜? 자네 혹시 마법 다단계에 빠진 건 아니겠지?"

몇 년 전. 마법 다단계라 하여, 일부 마법사들이 마법을 가르쳐 주겠다며 많은 제국민들을 현혹했었다. 피라미드 구조로 이루어지는 그 마법강의 시스템은, 결과적으로 수많은 사람들의 눈에서 피눈물을 뽑았다.

친구가 그런 길에 빠진 건 아니겠지. 이 순둥순둥한 놈이라면 그러고도 남을 텐데.

"나를 뭘로 보는 거야 친구. 옷! 나는 자네 생각보다 훨씬 똑똑하네! 옷!"

"그렇다 치자고. 그럼 왜 필요한 건데?"

"자네 제국에서 이번에 특별히 인정한 특사가 있다네."

"특사?"

특사는 중요한 일이 있을 때에만 인정하고 파견되는 임시직책이다. 그래도 황제가 직접 임명하는 것이니만큼 상당한 힘과 능력을 가진다.

"그 특사가 무려 플레이어네! 오오옷!"

"말도 안 돼!"

듀퐁은 손가락을 까딱까딱 흔들었다.

"이 친구. 세상 돌아가는 걸 하나도 모르는군. 옷! 이제는 플레이어들의 수준이 아주 많이 높아졌어. 황실에서도 플레이어들에게 관심을 가지고 있는데, 어째서 친구는 세상 돌아가는 일을 하나도 모른단 말인가!"

"그래봤자 플레이어는 플레이어 아닌가."

NPC에게는 NPC의 영역이 있고, 플레이어에게는 플레이어의 영역이 있다. 지난 200년간 그렇게 살아왔다. 특히 고위급 NPC일수록 플레이어에게는 크게 신경 쓰지 않는 경우가 허다했다. 그런 의미에서 갈튼 백작의 반응은 그렇게 이상한 것도 아니었다.

"어쨌든 중요한 건 특사네. 특사. 특사가 마법서를 원해. 옷!"

"특사가 다단계를 하나? 자네 또 그런 꼬임에 빠져들었나?"

"아니 친구. 그런 게 아니래도 그러네."

"내가 직접 좀 알아보겠어. 친구 말은 믿을 수가 있어야지."

얼마 후. 갈튼은 실제로 플레이어가 특사의 자리를 받게 되었다는 것을 알게 되었다.

'신대륙인 아서 대륙에……. 두 번째로 파견되는 특사?'

플레이어가 이런 중요한 자리를 맡게 되다니. 자신이 플레이어들의 일에 관심이 없어도 너무 없었다는 것을 깨달았다.

"그래서, 이 특사가 마법서를 원한다고?"

"클래스가 마법사네. 그래서 마법서를 필요로 하는 모양이야. 그런데 알다시피 나한테는 마법서가 단 하나도 없지 않은가. 그리고 특사의 신분을 가진 플레이어가 어떤 마법을 원하는지도 모르겠네. 나 좀 도와주게. 친구. 읏읏! 오오옷!"

듀퐁 백작과 갈튼 백작은 머리를 맞대고 고민하기 시작했다. 특사쯤 되는 플레이어다. 잘 보여서 나쁠 것은 없었다.

갈튼 백작이 무언가를 떠올렸다.

"내게 좋은 생각이 있네. 친구."

미스 에르페스. 그 행사가 플레이어들에게도 공개되었다. 역사가 다시 기록되기 시작한, 200년 만에 처음 있는 일이었다. 전 세계를 통틀어서 최초다.

한국의 매스컴뿐만 아니라 세계의 매스컴이 에르페스 제국의 미스 에르페스 선발대회를 집중 조명했다.

미국 대통령에게 보고가 올라갔다. 캡틴이 말했다.

"확실히…… 절대악의 등장 이후로 한국이 모든 변화를 선도하고 있습니다."

모든 변화의 중심에는 한국이 존재한다. 이것은 거부할 수 없는 세계의 흐름이었다.

"적대악의 신상은 파악했나?"

미국은 이미 절대악과 상당한 친분을 가지고 있다. 굉장히 우호적인 관계다. 미국의 입장에서 절대악에 반대되는 '적대악'은 불안요소일 수밖에 없다.

"모든 정보기관이 총동원되어 알아보고는 있는데…… 좀 이상하긴 합니다."

"이상하다라?"

"마치 현실세계에 존재하지 않는 사람 같습니다."

"그 말은 NPC라는 뜻인가?"

"그럴 확률도 일부 존재합니다. 센티니아, 루니아 대륙 출신인 것은 확실합니다. 그런데 한국 국적 플레이어 중에서 적대악의 정보와 일치하는 플레이어가 없습니다."

마치 아무것도 없는 허공에서 뽕 하고 튀어나온 것 같은 느낌이랄까. 미국 정보부의 눈으로 보면 그런 느낌이었다.

"NPC라면…… 제국의 특사로 파견된 것이 이해되지 않을 일도 아니군."

사람들은 모두 적대악을 플레이어라고 생각하고 있다. 그렇지만 미국 정보부에서는 조금 다르게 해석했다.

"어쨌든 적대악에 대한 정보 수집을 게을리하지 않도록."

절대악의 말 한마디, 손짓 하나가 미국을 요동치게 만들 수도 있다. 절대악과 관련된 모든 것들이 다 정보자산이며 전략자산이다. 적어도 미국 대통령은 그렇게 생각했다.

"그런데…… 미스 에르페스에 앱솔루트 네크로맨서가 참여할 것 같습니다."

"앱솔루트 네크로맨서?"

대통령은 자신의 귀를 의심했다. 천세송. 절대악의 약혼녀. 앞으로 절대악과 결혼할 것으로 예상되는 여자.

"예. 확실히 믿을 만한 정보입니다."

대통령이 식은땀을 닦아냈다.

"관련사업자들 전부 철수시켜."

"안 그래도 그럴 예정입니다."

에르페스 제국이 주최하지만, 이번에는 플레이어에게도 그 문이 열렸다. 이미 수많은 자본가들이 그 대회에 손을 뻗었다. 미인을 선발하고 그 미인을 스폰했다.

그들의 궁극적인 목표는, 에르페스 제국 상급 NPC들과의 관계를 트는 것.

한국뿐만 아니라 미국의 브로커들도 이미 센티니아와 루니아로 파견되어 있던 상태.

"미리 파악할 수 있어 다행이군."

에르페스 제국의 고위 NPC와 연을 틀 수 있다는 건 물론 좋은 거다. 만약 정말로 예쁜 플레이어를 내보내서, 그를 통해 고위 NPC의 환심을 살 수 있다면 더더욱 좋다. 그러나 지금 이 대회에는 앱솔루트 네크로맨서가 걸려 있다.

'어느 미친놈이 앱솔루트 네크로맨서한테 접근해서 스폰을 제의하겠어?'

말이 좋아 스폰이지, 고위 NPC들을 향한 상납의 제물이 된다. 예쁜 제물. 수많은 자본가들이 이 대회를 그렇게 생각하고, 그렇게 접근하고 있다.

'그랬다가는……'

아마 그 상대가 누가 됐든 무사하지 못할 거다.

어쨌든 미국은 완전히 손을 떼기로 했다. 절대악의 여자가 걸린 문제다. 아주 사소한 문제라도 괜히 빌미를 만들었다가는 골치 아파진다. 절대악한테는 무조건 잘 보여야 하니까. 미국 대통령이라고 해도 예외는 아니었다.

"절대악은 무엇을 하고 있지?"

"적대악과 만남을 기다리고 있는 것 같습니다. 절대악의 능력이라면, 현재 적대악을 델리트시킬 수 있을 거라 생각되긴 합니다만……. 그렇게는 하지 않을 가능성이 높습니다. 그는 공정한 경쟁과 정정당당한 사회를 추구하는 정의로운 인물이 니까요."

미국 대통령이 고개를 끄덕였다. 자신이 미국 대통령인 것 과는 별개로 절대악을 인정할 수밖에 없었다.

'그런 인물이 미국에서 나왔다면……'

그게 정말 아깝다. 만약 미국에서 나왔다면, 그리고 자신이 절대악과 지금처럼 우호적인 관계를 유지했다면 미국은 전례 없는 세계 최강대국이 될 수 있었을 거다.

물론 지금도 세계에서 가장 강력한 나라이긴 했지만, 지금 보다 훨씬 압도적인 세계 최강국이 될 수 있었을 거다. 그는 그 렇게 생각했다.

캡틴이 밖으로 나간 뒤. 대통령은 창밖을 보며 혼잣말로 중 얼거렸다.

"정말…… 존경스러운 인물이군."

미국 대통령과 캡틴의 평가에 따르자면 '공정한 경쟁과 정정 당당한 사회를 추구하는 정의로운 인물'인 절대악 한주혁은 고 민하고 또 고민했다.

"이걸 어떻게 해야 거하게 뒤통수를 후려칠 수 있을까?"

제국 뒤통수를 치긴 쳐야 하는데. 아직은 너무 이르다.

아주 중요한 순간에, 대도 블랙을 찾으라는 퀘스트의 더욱 중심부로 다가가서 일을 진행시켜야 한다.

"일단 대화를 좀 해야 하는데."

나 자신과 어떻게 대화를 한단 말인가. 혼자서 수십만 플레이어를 쓸어버리는 절대악이지만 그 스스로와 대화를 할 수 있는 방법이 없었다.

베르디가 조심스레 조언했다.

"베르디의 생각으로는 영혼이 이어진 분신 마법을 사용하는 것이 좋을 듯 보인답니다."

"분신 마법?"

그런데 문제가 있단다. 하나의 정신으로 두 개의 몸을 컨트롤하기 위하여는 지능이 매우 높아야 한단다. 단순히 그 분신 마법을 유지하는 것만으로도, 최소 150 이상의 지능이 필요하다고 했다.

베르디가 말을 이었다.

"만약 제대로 컨트롤하지 못한다면…… 백치가 될 수도 있는 무서운 마법이어요."

그냥 그 마법을 유지하는 것만으로도 지능 150의 스탯이 필요. 그 이상의 무언가를 하려면 더 높은 지능이 필요하단다.

"그런데 제가 도움을 드리기는 어려울 것이라 사료되와요."

그 이유는 베르디가 절대악의 수하이기 때문이다. 기본적으로 악/마 속성의 힘을 활용하는 베르디다. 근본이 그렇다.

그래서 베르디의 도움을 얻어 분신 마법을 사용하게 되면 제국에 꼬리를 남길 수도 있다는 것이 베르디의 의견이었다.

"그래."

그렇다면 분신 마법이 필요할 것 같다. 스스로와 대화를 하기 위해서, 몸을 두 개로 쪼개는 방법밖에는 없지 않은가.

한주혁이 물었다.

"그런데 분신 마법은 어떻게 익힐 수 있지? 마법사의 탑을 찾아가면 되나?"

"제국 마법사들은 굉장히 폐쇄적인 놈들이랍니다. 무턱대고 찾아간다고 해도, 마법을 알려주지 않을 것이요. 가장 큰 문제는……. 분신 마법을 익히고 있는 마법사가 거의 없을 것이라 생각되어요."

그다지 효용가치가 없는 마법. 잘못하면 백치가 되는 마법. 이런 걸 누가 익히고 만든단 말인가.

"주군께서 그 마법을 빠르게 익히기 위해서는, 마법서를 찢고 스킬을 획득하는 것이 가장 효과적인 방법일 것이요."

"그런 쓰레기 같은 마법을 익힐 만한 마법사도 없을뿐더러 그것을 마법서로 만드는 수고를 감수할 만한 괴짜는 없겠군."

"그것이 현실이어요."

그때 한주혁이 무언가를 떠올렸다.

'괴짜 마법사?'

이미 이전 퀘스트에서 '괴짜 마법사'를 경험했다. 그다지 효용성이 없어 보이는, 반쯤 쓰레기 같은 스킬을 연구하던 마법사가 이미 존재했었다.

남쪽 끝 젤르두아에서 괴짜 마법사의 동굴을 클리어하지 않았던가.

'실마리가 거기서 시작되나.'

아직 구체적으로 무언가가 보이지는 않았다. 그러나 전에 해결했던, 이미 지나왔던 길인 '괴짜 마법사의 동굴'과 관련된 내용이 이번 특사 퀘스트를 클리어할 수 있는, 어떤 단서가 될 수 있을지도 모르겠다고 생각했다.

'내가 놓치고 있는 게 있나?'

그때 듀퐁 백작으로부터 귓말이 왔다.

-특사님. 제가 정말 좋은 정보를 드리려고 합니다! 오옷!

세 시간 전. 친구인 갈튼 백작에게서 정보를 얻은 듀퐁 백작은 홉디아라는 이름을 가진 늙은 마법사를 찾아갔다.

"마법서를 팔 수 없소? 오옷?"

"마법서를 파는 마법사를 본 적 있수?"

사실 마법서는 구하기가 어렵다. 보통 마법서를 발간하는 곳은 '마탑'이다. 대부분의 마법서들을 마탑이 관리한다. 그런데 그 마탑이라는 곳이 상당히 폐쇄적이다.

마탑에 소속된 플레이어/NPC에게만 마법서를 부여한다. 일부 몇몇의 경우 마법서를 외부에 판매하기도 하지만, 그 경우는 '마법 발전에 이바지하기 위한 물질이 필요할 때'다. 이때에만 마탑에서 정식으로 판매하는 부작용이 적고 효과가 뛰어난, 이른바 '퀄리티가 있는' 마법이 풀린다.

그런데 또 대부분 마법사는 부자인 경우가 많다. 따라서 마탑의 마법서가 외부로 반출되는 경우는 그렇게 흔치 않은 경우다.

"홉디아! 당신이 아주아주 뛰어난 마법사라는 말을 들었소! 웃! 나는 벤티의 영주요! 당신의 이름을 듣고 여기까지 찾아왔소! 웃!"

그래서 시중에 많이 유통되는 마법서는 마탑에서 만들어진 마법서가 아닌, 마탑에 소속되지 않은 마법사들이 만든 마법서가 대부분이다.

"마탑에 소속되어 있지 않으면서 실력이 아주아주 뛰어난 홉디아! 당신의 도움이 필요하오! 오오옷!"

뛰어난 마법사들은 대체적으로 마탑에 소속되어 있다. 마탑에 소속되어 있지 않은 마법사들은, 마탑에 들어갈 능력이 없는 경우가 대다수다. 마탑에 소속되어 있지 않은 자유마법사들 중에 실력 있는 마법사를 찾기는 굉장히 힘들다. 적어도 에르페스 제국은 그랬다.

"내가 뛰어난 건 또 어찌 알았소?"

"나의 친구. 갈튼 백작이 소개를 해줬소. 옷."

"아하. 갈튼 백작님의 친구분이셨구려."

간단하게 인사를 나눈 듀퐁은 속으로 결론을 내렸다.

'어마어마한 변태 늙은이 마법사다! 옷!'

마탑에 속한 마법사들도 대체적으로 정상이 아니다. 듀퐁은 그렇게 생각한다. 약간 어딘가 이상하다. 마법사들이라는 존재 자체가 워낙 특이했다. 그런데 마탑에 속하지 않은 마법사들은, 그 정도가 더 심한 것 같다.

하지만 겉으로는 이렇게 말했다.

"뛰어난 마법서들을 좀 구할 수 있겠소? 내 대가는 두둑히 드리겠소! 옷!"

"흠."

그래서 홉디아와 듀퐁은 거래를 했다. 홉디아가 물었다.

"아니. 그런데 영주님께서는 어째서 한낱 플레이어를 위해 이렇게까지 하시오?"

"음."

듀퐁의 얼굴이 조금 붉어졌다.

"나 그 사람 좀 무섭소. 옷!"

"으잉? 플레이어가 무섭단 말이오? 한 영지의 영주쯤 되는 분이 뭐가 무섭소? 플레이어들은 그래봐야 속 빈 강정들 아니오?"

빠르게 강해지기는 하지만 일정 한계를 뛰어넘을 수는 없는, 겉보기에만 번지르르한 멍청이들 아닌가. 왜 영주쯤 되는 사람이 플레이어를 무서워한단 말인가.

"홉디아. 나는 아주 특별한 능력이 있소! 옷!"

"무슨 능력이오?"

"나는 무서운 사람을 아주아주 잘 알아본다오. 오오옷!"

"그 사람이 뭐. 협박이라도 했소?"

듀퐁이 이마에서 흐르는 땀을 닦아냈다.

"그건 아니오. 제국의 특사 신분을 가졌고 펜릴의 명예영주이며, 펜릴의 영웅이란 칭호를 받고 있는 훌륭한 인물이오. 그 정도 위치에 올랐으면 거만할 법도 한데, 그런 모습도 없었소. 상당히 예의가 있고 생각이 바른 사람이었소. 오옷!"

그건 분명히 그랬다. 한주혁이 그렇게까지 위압적인 모습을 보인 적도 없다. 무섭게 군 적도 없다. 하다못해 평타를 선보인 적도 없다.

"이유는 모르겠는데 무섭소. 아무래도 잘 보여야 할 것 같소. 옷!"

듀퐁의 연락을 받은 한주혁은 고개를 끄덕였다.

"……그렇단 말이지."

홉디아라는 마법사가 있는데, 그 마법사에게 시중에 유통되지 않은 마법서들이 몇 개 있단다. 그중 하나를 보내줄 수 있다고 했다.

"베르디. 네 생각은 어때?"

"소녀, 마법서를 정확히 살펴봐야 분간이 될 것 같사와요. 주군께서도 아시다시피 마탑놈들에게서 나온 마법서가 아니면 그 질을 보장할 수 없답니다."

그나마 적당히 나쁜 경우는.

"마법사 자체가 사기일 확률도 있고."

아주 최악의 경우는.

"부작용으로 마나를 컨트롤하는 능력을 아예 잃어버리거나 폐인이 되어버리기도 한답니다."

"마법서로 스킬을 익히기만 하면 되는 게 아니었군."

"플레이어들 기준으로 말씀드리자면, 퀘스트를 통해 전달되는 마법서가 아닌 마법서들은 약간의 위험성을 내포하고 있다고 할 수 있사와요."

"하기야."

대부분의 스킬은 레벨업 혹은 퀘스트를 통해 얻는다. 한주혁처럼 고위 NPC를 협박하여(?) 마법서를 뜯어내지는 않는다. 그러니까 보통의 경우는 별문제 없다는 거다.

"재미있는 건 그놈도 굉장한 괴짜라는 거."

"보통 마법사들은 미친놈들이 많사와요. 마법을 익히다 보면 제정신이 아닌 경우가 많답니다."

호호호호! 하고 크게 웃는 베르디를 보며, 한주혁은 '너도 그렇게 정상은 아니잖아'라고 말할 뻔했다.

"마법서들의 목록만 보아도 그것이 느껴진답니다. 마법서를 보면, 마법사의 성향을 대충 알 수 있사와요. 홉디아라는 놈은 변태 늙은이일 것이 틀림없사와요."

어쨌든 한주혁은 '제국의 특사' 퀘스트를 클리어하지 못한 채 홉디아와 만났다. 홉디아에게 마법서가 많이 있단다. 개중 '마법 분신'이라는 마법서도 존재했다. 그걸 일단 받아서 베르디에게 검증을 받고, 괜찮은 마법이면 사용하려는 심산이다.

홉디아가 말했다.

"흠. 당신이 펜릴의 영주요?"

"그렇습니다."

한주혁은 인상을 찡그렸다.

'볼에 뭔 놈의 립스틱 자국이 저렇게 많아?'

에르페스 제국의 NPC들도 립스틱을 쓴다. 오히려 지구의 화장기술보다 좀 더 완벽한 화장기술을 선보인다. 왜냐하면 그들의 화장품에는 마법가루 혹은 마법력이 포함되어 있기 때문이다. 제국에서 생산되는 '마법력이 함유된 화장품' 같은 경우는, 현실에서도 매우 비싼 가격에 거래된다.

듀퐁에게 얘기를 듣기는 했다. 이 늙은이가 젊은 여자들을 원했단다. 에르페스 제국의 시대상을 살펴보았을 때, 크게 무리가 되는 조건은 아니었다. 듀퐁은 홉디아가 원하는 대로 젊은 여자들 셋을 보내주었고 홉디아는 그것에 만족하며 마법서를 내주기로 했다.

"듣자 하니 영웅이라 하던데. 맞소?"

"과분하게도. 그런 칭호를 얻었습니다."

"이 마법서들 중에 한번 골라보시오. 하나만 고를 수 있소."

이미 마음에 두고 온 마법서가 있다.

<홉디아의 특제 분신 마법>

시전자의 마나를 사용하여 또 다른 육체를 만들어 내는 마법. 두 육체는 하나의 영혼으로 이어져 있다.

자세한 설명은 없었다.

'심지어 필요 M/P가 몇인지도 안 나오네.'

마탑에서 정식으로 발간되는 마법서들은 이렇지 않다. 어떤 효과를 가지고 있는지, 레벨은 몇이 되어야 익힐 수 있는지, 필요 지능은 몇인지, 혹은 필요 아이템이 무엇인지. 상당히 자세하게 기술되어 있다.

'이렇게 불친절한 아이템은 오랜만이네.'

일단 이걸 받기로 했다. 그러려고 했는데.

"아. 그건 안 되겠소. 그건 내가 제일 아끼는 마법이라서 말이오. 그거 빼고 다른 걸로 드리겠소."

한주혁은 인상을 살짝 찡그렸다. 속이 뻔히 보였다. 여자 셋에 만족하지 못하는 모양이다. 뭔가를 더 얻어내고 싶은 것 같왔다. 옆에서 지켜보던 듀퐁 백작은 당황했다.

"오…… 오오옷……!"

아니. 이 변태 늙은이가!

"흡디아! 위대한 마법사 친구. 내가 이미 정당한 값을 다 지불하지 않았소! 오옷!"

나. 이 특사 플레이어. 무섭단 말이야.

"어서 펜릴 영주께서 고른 그것을 내주시오! 얼른! 오오옷!"

"싫소. 못 주오. 거래를 취소하고 싶다면 그냥 여자들도 다 데려가시오."

마법사들 중, 제정신은 별로 없다지만 갑자기 이렇게 강짜를 놓을 줄은 몰랐다.

'그렇다고는 해도 너무 갑작스럽기는 하네.'

갑작스러운 태도 변화. 그냥 이 늙은 마법사의 변덕일까. 아니면 무언가가 숨겨져 있는 걸까.

"흠."

한주혁의 표정이 조금 언짢아지자, 안 그래도 붉은 듀퐁의 얼굴이 새빨갛게 달아올랐다.

"이분께서도 귀한 발걸음을 하셨소! 갑자기 이렇게 어깃장을 놓으면 어떡하오, 오옷!"

발을 동동 굴렀다. 어지간히도 당황한 것처럼 보였다. 그때. 한주혁에게 알림이 들려왔다.

-히든 퀘스트. '흡디아의 마음을 돌려라!'가 발동되었습니다.

한주혁은 조금 이상함을 느꼈다.

'NPC가 직접 준 퀘스트도 아니고.'

보통 이런 경우, NPC가 직접 퀘스트를 준다. 던전이 아닌, 일반적인 필드에서 퀘스트를 받는 경우는 대부분 그렇게 주어진다.

'NPC 본인도 퀘스트가 발생했는지 모르는 거 같네.'

그렇다면 결국 이건 시스템이 내린 퀘스트라는 거다. 어쩌면 '대퀘스트'를 클리어하는 데에 도움이 될 수 있는 마법서를 얻을 수 있는 이 상황에서. 시스템이 퀘스트를 내렸다. 과연 우연일까?

'우연이 아냐.'

퀘스트창을 열었다.

<흡디아의 마음을 돌려라.>

괴짜 마법사 흡디아의 눈이 탐욕에 물들었습니다. 욕망을 해소할 수 있는 무언가가 필요합니다.

    1) 욕망을 해소할 수 있는 무언가를 제시하십시오. 기회는 두 번으로 한정됩니다.

    2) 물리력을 포함하여, 강제력이 수반되는 행동을 통하여 흡디아를 핍박할 시에 퀘스트는 실패로 간주됩니다.

3) 퀘스트 실패 시, 홉디아의 모든 마법서는 불타 없어집니다.

이건 시스템. 그러니까 이 세계의 신인 제우스가 한주혁의 성향과 힘을 고려하여 내린 퀘스트인 것이 틀림없었다. 물리력을 포함하여 '강제력'을 가진 그 어떤 행동도 하면 안 된단다. 쉽게 말해.

'두들겨 패면 안 된다는 소리네.'

대화와 협상으로 마법서를 얻어내야 한다는 얘기다. 마법서 하나 얻는데 뭐 이렇게까지 하나 싶다. 그런데 또 반대로 생각해 보면.

'이렇게까지 할 정도로. 제우스가 판단하기에 가치 있는 물건이라는 뜻이겠지.'

그냥 아무 이유도 없이 이런 퀘스트가 발동했을 리는 없다.

이러한 퀘스트들을 순차적으로, 맞는 방향으로 잘 클리어해 나가야 대퀘스트의 흐름에 편승할 수 있을 것이다. 여태까지 잘해왔기에 절대악이 여기까지 클 수 있지 않았던가. 반대로 성좌들은 여태까지 줄곧 실패해 왔기에, 지금의 상황에 이르렀고.

한주혁이 가볍게 웃었다.

'기회는 단 두 번.'

홉디아가 원하는 것이 무엇인지. 저 욕망을 해소할 수 있는 것이 무엇인지. 알아야만 했다. 시스템이 직접 개입한 퀘스트다. 분명 뭔가가 있다.

"홉디아. 당신이 아주 훌륭한 마법사라는 건 익히 들어 알고 있습니다."

물론 처음 듣는다.

"흠흠. 내가 요즘 좀 유명해지긴 했나 보오."

"마법이라는 신문물을 통하여 새로운 영역에 언제나 도전하는 모습. 늘 감명 깊게 바라보고 있습니다."

그 말에 홉디아가 흡족한 듯 크게 웃었다. 그런데 듀퐁은 뭔가 이상함을 느꼈다.

'이상하다. 오오옷!'

저렇게 예의 바르고 정중한 태도를 취하는 남자가 왜 무서운지 모르겠다.

'나는 왜 무섭나! 오옷! 오옷! 오옷! 오오옷!'

그는 당황하면 당황할수록 '옷!'을 많이 떠올린다. 친구인 갈튼 백작은 듀퐁 백작이 말하는 '옷'의 숫자로, 듀퐁 백작의 심리상태를 추정할 수 있을 정도다.

"오옷…… 오옷…… 옷……."

왜 무섭지. 나는 저 플레이어가 왜 무서운 거지. 이토록 황당한 상황을 맞이해서도 저토록 침착하고 예의 바른 플레이어가 왜 무섭지.

그는 자신의 재능을 믿었다.

'식은땀이 흐르고 있소. 옷……!'

저 플레이어. 뭔가 있다. 구체적으로 뭔지는 모르겠지만 하여튼 뭔가 있다.

'자, 자, 잘 보이고 싶소! 옷! 옷! 옷!'

그 플레이어가 이윽고 입을 열었다.

"이거면 됩니까?"

한주혁에게도 알림이 들려왔다.

-'홉디아의 마음을 돌려라!'의 클리어 기회는 단 두 번입니다.

-'홉디아의 마음을 돌려라!'의 클리어 기회 1회를 사용하였습니다.

한주혁이 무언가를 내밀었다. 그와 동시에, 홉디아의 눈이 커졌다. 홉디아가 침을 꼴깍 삼켰다. 목젖이 위아래로 움직였다. 침을 삼킨 홉디아가 말했다.

"이, 이걸 어디서 구하셨소?"

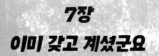

7장
이미 갖고 계셨군요

한주혁은 이 퀘스트의 내용에 집중했다.

"나는 당신의 열정을 이미 엿봤습니다."

잠깐 내밀었던 아이템을 다시 회수했다. 홉디아의 표정으로 보아 그냥 건네줘도 될 것 같기는 했지만 상황을 제대로 만들어가야 했다.

"마법을 향한 열정. 마법을 향한 그 순수한 마음이 저한테까지 전달되었습니다."

한주혁이 진지한 표정으로 말을 이었다.

"나 역시 마법사의 일원이니까요."

"……"

홉디아는 한주혁의 말에 약간 감동받은 것 같았다. 마탑에 속해 있지도 않고, 그렇게 유명하지도 않은 나의 이 열정을 알아봤단 말인가. 그것도 제국의 특사쯤 되는 마법사가?

"저는 이것을 아주 어렵게 얻었습니다."

사실 그렇게 어렵게 얻지는 않았다. 그래도 말은 이렇게 했다.

"내게 아주 큰 은혜를 입혔던, 제가 존경하는 은사님이 한 분 계십니다."

"그게 누구요?"

"바로 젤르두아의 대마법사. 한스 님이십니다."

"한스?"

홉디아는 고개를 갸웃했다. 이름을 전혀 들어보지 못했다.

"이러한 마법들을 제게 가르쳐 주신 분입니다."

한주혁은 유령화 마법을 사용했다.

—스킬. '반쯤은 유령이 되는 유용한 마법'을 사용합니다.

유령이 된 상태로 한주혁이 말했다.

"그렇게 큰 효용성은 없습니다만……."

상황에 따라 요긴하게 쓸 수 있긴 하겠지만, 보통의 경우 그렇게까지 큰 필요는 없는 마법이다. 있어도 그만, 없어도 그만인 마법.

"그래도 마법에 대한 순수한 열정과 마법 그 자체의 탐구. 새로운 것에 대한 갈망. 목마름. 그것을 제게 가르쳐 주신 분입니다."

홉디아가 열렬히 고개를 끄덕였다.

"그렇소. 그렇소. 나는 요즘 세태에 아주 크나큰 불만을 가지고 있는 바이오. 안타깝소."

홉디아가 보는 요즘 마법사들은 멍청하기 짝이 없다. 마법에 대한 탐구. 마나의 본질에 대한 이해. 그리고 마법 그 자체에 대한 흥미보다는.

"마법을 통해 자신의 목적을 이루고 마법으로 출세하려는 젊은이들이 너무나 많아졌지."

그런 사람이 많아졌다. '돈이 되는 마법'이 아니면 관심이 없는 젊은이들도 많다. 홉디아의 눈으로 본 젊은 마법사들은 그랬다.

한주혁이 한숨을 내쉬었다.

"저 역시 너무나 가슴 아프게 생각합니다."

마탑에 소속되지 않고 홀로 연구를 진행해 가는 괴짜 마법사 NPC. 그의 가려운 곳을 정확하게 파악해서 긁었다.

"그래서 저는 이 마법서를 그 누구에게도, 쉽사리 꺼내 보이지 않으며 쉽게 보여주지 않습니다. 비웃음을 살 것이 분명하기 때문입니다."

한주혁이 다시 한번 마법서를 꺼냈다. 마법서의 이름은 〈자웅동체를 향한 열정이 담긴 마법서〉이다. 한주혁은 아주 조심스레, 굉장히 소중한 것을 다루는 듯한 태도로 마법서를 들어올렸다.

"이것의 가치를…… 이 안에 담긴 마법사로서의 순수할 열정을, 당신께서는 잘 알아보시리라 믿습니다."

홉디아가 고개를 끄덕였다.

"이것은 내가 예전에 시도해 보려다가 실패한 마법이네."

한주혁은 황당했다. 이 마법을 시도했단다. 그 이유가 더욱 황당했다.

"내 비록 남자의 몸이지만, 여자의 몸을 가지면 또 그건 그것 나름대로 얼마나 황홀한 경험인가? 자네라면 이해할 수 있겠지?"

한주혁은 거기서 인상을 찡그릴 뻔했다. 저 변태 늙은이의 눈빛이 심상치 않았기 때문이다. 저 마법사는 자신의 몸이 여자화되는 것을 기대하고 있는 듯했다. 한주혁은 그런 걸 별로 상상해 본 적이 없다.

'깊게 상상하지 말자.'

더 이상은 상상하지 않기로 했다. 이쯤 되면 홉디아의 마음을 돌리기란 어렵지 않을 것 같다.

"홉디아 마법사께서 귀한 마법서를 내주신다면, 저 역시 그에 상응하는 보답을 해야 할 터. 아끼고 아껴왔던 제 마법서를 드리겠습니다. 제 은인의 열정과 탐구심이 가득 담긴 이 마법서를 말이죠."

물론 아끼고 아껴왔던 거 아니다. 정말 쓸모 있고 좋은 마법이었다면 진작 사용해서 익혔을 것이다. 그게 정상이다. 여태까지 안 쓰고 그냥 인벤토리에 방치해 놨다는 건, 그만큼 쓸모없고 허접한 마법서라는 소리다. 그러나 홉디아가 보기에는 아니었다. 정말로 저 플레이어가 아끼고 아껴왔던 마법서처럼 보였다.

"그래그래!"

홉디아는 한주혁이 내민 마법서를 냉큼 받아들었다.

"내 자네의 마음을 아주 잘 알았네!"

다시 빼앗길 수 없다는 듯, 홉디아는 마법서를 품 안에 잽싸게 집어넣었다.

"이미 거래는 성립되었네. 무르기 없기네!"

"물론입니다. 이 신성한 마법 거래에 있어서 제가 어찌 마음을 돌리는 파렴치한 짓을 할 수 있겠습니까? 마법사로서의 자존심이. 그것을 용납하지 못합니다."

"아주 바람직한 마법사로군! 허허허! 당신 같은 마법사가 있기에! 에르페스 제국의 앞날이 밝을 것이네!"

굉장히 흡족한 표정의 홉디아가 말을 이었다.

"자. 여기 있네."

알림이 들려왔다.

-축하합니다!
-퀘스트. '홉디아의 마음을 돌려라!'가 클리어되었습니다.

그 전 과정을 지켜보고 있던 듀퐁 백작은 이마에서 흐르는 땀을 닦아냈다.

'나는 왜 땀이 나는 거지, 오옷?'

이해할 수 없었다. 이건 보통 땀이 아니었다.

'이것은……! 이것은 식은땀이 틀림없도다! 오옷!'

이유는 알 수 없었지만 특사인 앤서(한주혁)가 분신 마법서를 얻는 이 과정 자체에서, 그는 소름 돋는 공포감을 느껴야만 했다.

'도무지 이유를 알 수가 없군.'

이유는 모르겠다. 하지만 한 가지는 확실했다.

'잘 보이자! 옷! 옷! 옷!'

앞으로 앤서에게 적극적으로 협조하기로 다짐하고 또 다짐했다.

천세송은 어렵지 않게 예선을 통과해 갔다. 이제 예선을 한 번만 더 통과하면 본선이다. 본선에서부터는 사람들 앞에 서게 된다. 공개적으로 치러지는 미인 대회가 시작된다.

비공개 심사. 이제 한 번 남았다.

"생각보다 어렵지 않네요?"

그 말에, 자발적으로 나서서 천세송의 시중 아닌 시중을 들던 루펜달이 자랑스레 고개를 끄덕였다.

"누님의 미모가 NPC들조차도 압살할 정도니 당연한 것 아닙니까?"

그래. 형님의 안주인 되시는 분이니. 이 정도는 당연하지.

"이렇게 수월하게 통과한 사람도 없을 것입니다. 이제 본선 무대로! 큰 무대로 가시겠군요! 이 루펜달이 누님 불편한 것 없도록 돕고 돕고 또 돕겠습니다!"

"고마워요. 루펜달 님 덕분에 저도 되게 편한 것 같아요."

루펜달이 천세송을 따라다니며 자잘한 일들을 전부 처리해 줬다. 이동이 필요할 때면 워프 마스터 이주랑이 도와줬다. 미스 에르페스 대회에 참여하는 것이 그다지 어렵지 않았다.

그런데 본선 무대에서 약간의 문제가 발생했다.

"아주 예쁘군. 벗어 봐라."

심사위원 중 한 명이 그렇게 얘기했다.

"……네?"

"네 벗은 몸이 보고 싶구나. 얼마나 아름다운지. 얼마나 상품으로서의 가치가 있는지 말이다."

천세송은 자신의 귀를 의심해야만 했다. 아무리 현실세계와 다른 인식을 가진 NPC라지만, 저런 말을 아무렇지도 않게 하다니.

"뭐 하느냐? 안 벗고?"

그 말에 무대 뒤쪽에서 대기하고 있던 루펜달이 뛰쳐나왔다.

"야이 미친 호랑말코 같은 새끼야!"

무대는 순식간에 아수라장이 됐다.

"이분이 누구신지 알고 지껄이는 거냐! 똥물에 튀겨먹어도 시원찮을 새끼!"

루펜달이 길길이 날뛰었다. 한주혁의 후광에 가려져서 그렇지, 루펜달 역시 날고 기는 플레이어 중 하나다. 경비병 둘을 제압했다.

"미친놈이군."

"미친놈은 너지. 이 새끼야."

"신성한 심사장에서 도대체 무슨 말을 지껄이는 거냐?"

루펜달이 이름을 확인했다.

"갈튼? 이 변태 같은 새끼. 신성하게 한번 뒤져봐라."

한주혁은 홉디아가 건넨 마법서를 들고서 프루나로 돌아왔다. 미리 연락을 받은 베르디가 대기 중이었다.

마법서를 받아든 베르디가 인상을 잔뜩 찡그렸다.

"상당히 허접한 마법서인 것 같사와요."

잘은 모르겠지만.

"아주 변태적인 성향을 가진 외톨이 마법사가 만든 것 같은 느낌이랄까……. 설명하기는 어렵지만 하여튼 그런 냄새가 난답니다."

"……."

가만 보니, 베르디는 천재가 맞는 것 같다. 마법서만 보고서
이 마법서를 만든 마법사에 대해 거의 정확하게 유추하지 않
았는가.

"익혀도 되겠어?"

"이 마법서에는 한 가지. 커다란 문제점이 존재한답니다."

"문제점?"

난데없는 시스템 퀘스트까지 클리어해 가면서 겨우 얻어낸
아이템이다. 그런 마법서에 문제점이 존재한다니.

"마법서가 유도하는 마나 흐름이 지나치게 복잡한 것 같사
와요. 이렇게 복잡하게 흐름을 유도하다 보면, 드문 확률로 오
류가 나기도 하고 마나 흐름이 꼬이기도 한답니다. 이 흐름을
간단하게 정리할 수 있기는 있는데……."

그러면.

"베르디. 네 흔적이 남게 되겠지."

"그렇사와요."

만약 한주혁이 '진짜' 마법사였다면 마법서를 수정할 수 있
었을 거다. 아니, 그 전에 분신 마법 자체를 만들어낼 수 있었
을 거다. 어쨌든 한주혁은 스킬을 사용하는 플레이어 마법사.
마법서를 수정할 수는 없었다.

"지나치게 복잡한 마나 흐름 유도 때문에, 마나 역류현상이

일어날 수 있사와요. 심각한 경우에는 죽거나 폐인이 되기도 한답니다."

"극복할 수 있는 방안은?"

베르디의 표정이 약간 어두워졌다.

"이 마법을 익히는 마법사 본인의 마나 컨트롤 능력이 이 마법서가 내포하고 있는 위험성보다 더 뛰어나야 할 것 같사와요."

"마나 컨트롤 능력?"

베르디는 미안한 듯 말을 이었다.

"주군께서 갖고 계신 클래스. 블랙 위자드의 레벨이 60에 달하게 되면, 블랙 위자드의 독문 마나 컨트롤 스킬을 익힐 수 있게 되어요."

그런데 여기서 두 가지 문제가 발생한다.

"하나는 블랙 위자드의 마나 컨트롤을 사용하면, 역시나 마법을 체득하는 과정에 블랙 위자드의 흔적이 남게 된답니다."

그리고 또 하나는.

"주군께서는 이미 파천심공을 익히고 계시어요. 파천심공의 힘이 주군의 몸 전체에 영향을 끼치고 있는 상황인지라……
어지간한 마나 컨트롤 스킬을 익힐 수가 없사와요."

"……웅?"

베르디는 정말 죄송한 듯 말을 이었다.

"파천심공이 너무 뛰어난 심공인지라……. 사실 블랙 위자드의 마나 컨트롤도 익힐 수 있을지 없을지 모르겠답니다."

"나는 그런 사실을 전혀 몰랐는데."

클래스는 다르다. 그런데 이 신체 자체가 다른 건 아니다. 블랙 위자드로 플레이할 때, 절대악의 힘을 꺼내 쓰지는 못하지만 그 근본에는 파천심공이 자리 잡고 있단다.

"어지간한 마나 컨트롤 스킬은……. 파천심공에 잡아먹힐 것이 분명할 것이어요."

그런데 마나 컨트롤 능력이 있어야 안전하게 저 분신 마법을 익힐 수가 있다.

"차라리 제가 재능 있는 마법사 NPC를 하나 붙잡아서 아주 강력하게 고문하며 마법서를 만들어내면……."

"됐어."

그런 비인도적인 방법을 사용할 필요 없다.

"그냥 익혀도 될 것 같거든."

"주군. 베르디가 감히 한 말씀 올리와요. 뛰어난 마나 컨트롤 없이 이런 저급한 마법서를 사용하시면 안 되어요. 주군의 몸이 상하게 될 가능성이 있사와요. 부디 그 옥체를 소중히 하시어요. 베르디는 주군의 몸이 상하는 것을 원치 않아요."

한주혁이 피식 웃었다.

"나 이미 마나 컨트롤 스킬 갖고 있거든."

베르디는 순간 자신의 귀를 의심했다.

"……베르디를 안심시키시려고 일부러 그렇게 말씀하시는 것이지요?"

"아니?"

아니다. 진짜로 마나 컨트롤 스킬을 갖고 있다.

'베르디의 말을 듣고 보니…….'

처음에 이 스킬을 얻었을 때에는 그냥 그렇구나. 정말 힘들게 힘들게 이것까지 얻었다. 잘됐다. 이 정도였는데.

'진짜 엄청난 걸 손에 얻은 것 같네?'

세인트 마나 컨트롤. 베르디의 말에 따르면, 어지간한 마나 컨트롤 스킬은 파천심공에 잡아먹힌단다. 그런데 세인트 마나 컨트롤은 그렇지 않았다. 심지어 파천심공과 반대 성향의 마나 컨트롤 스킬이다.

'그런데도 안 잡아먹히고 유용하게 쓸 수 있다는 건.'

그만큼 세인트 마나 컨트롤의 스킬 등급이 무지막지하게 높은, 굉장히 좋은 스킬이라는 얘기가 된다.

베르디가 믿을 수 없다는 듯 눈을 동그랗게 떴다. 놀란 것과 상관이 있는 건지는 몰라도, 뒤꿈치를 쫑긋 들어 올렸다. 마치 놀란 토끼가 뒷발을 들고 일어선 것 같았다.

"주군께서…… 마나 컨트롤을 익히고 계시단 말인가요? 베르디를 안심시키려는 것이 아니라, 진정이신가요?"

한주혁은 직접 보여주기로 했다. 과정은 길어도, 결단은 빨랐다. 바로 마법서를 사용했다.

-홉디아의 특제 분신 마법서를 사용합니다.

-사용한 마법서는 복구되지 않습니다.

-홉디아의 특제 분신 마법서를 사용하여 마법 스킬을 획득합니다.

그와 동시에 베르디가 눈을 더욱 크게 떴다.

"주, 주군?"

눈을 빠르게 일곱 번 깜빡였다.

"주군의 충실한 여종. 주군을 섬기는 몸종. 주군만을 정성다해 사랑하는 베르디는 놀라고 또 놀라고 놀랐사와요!"

사실 베르디는 한주혁이 허세 아닌 허세를 부린다고 생각하던 중이었다. 그도 그럴 것이 사내들은 자신들의 사내다움을 강조하기 위하여 가끔 무모한 짓을 벌이고는 하지 않는가. 베르디가 보는 남자들은 그런 면모를 가지고 있었다.

"제가 주군을 또 과소평가하고 말았사와요. 저는 나쁜 몸종이어요."

그런데 주군은 아니었다.

'저 정돈된 마나의 빛은 분명……'

베르디는 한주혁의 몸에서 새어나오는 마나의 흐름을 읽을 수 있었다. 굉장히 안정되어 있었다.

"허접한 마법서로 인하여 불안정했던 마나 흐름이 주군의 마나 컨트롤 능력에 의하여 정돈되기 시작했사와요."

시전자가 의도하지 않아도 마나 컨트롤이 알아서 마나의 흐름을 유도하고 있다.

"언제 이런 마나 컨트롤 능력을 익히셨을까요?"

베르디는 오늘도 또 놀라고 말았다.

"주군의 성장속도는 가히 천재적이라고밖에는 표현할 길이 없사와요. 베르디의 상상을 뛰어넘어 버리고 말았어욧!"

파천심공에 잡아먹히지 않을 수 있을 정도의 마나 컨트롤. 그 능력이 빛을 발하고 있었다. 마나 컨트롤. 그것도 대단히 뛰어난 마나 컨트롤 능력을.

"이미 갖고 계셨군요!"

베르디의 얼굴이 발갛게 물들었다.

"제가 본 모든 사람들을 통틀어 최고의 성장속도여요."

어제가 다르고 또 오늘이 다르다. 아마 내일도 다를 것이다. 이렇게 빠르게 강해지는 주군을 보면 괜스레 좋았다. 남자로서 사랑한다기보다는, 흐뭇함과 동경이 뒤섞인 감정에 가깝긴 했지만.

베르디가 진심으로 감탄하며 기뻐하는 모습을 본 한주혁도 기분이 나쁘지는 않았다.

"흐응. 베르디는 주군이 너무 좋아요. 이런 분이 제 주군이시라니!"

"……그 정도냐?"

어린아이의 모습을 하고 있는 베르디. 저 모습에 가끔 속는다. 한주혁은 저도 모르게 베르디의 머리를 쓰다듬을 뻔했다. 쓰다듬지는 않았다.

"그 모습 좀 어떻게 하면 안 되나?"

그 말에 베르디는 활짝 웃으면서 어깨와 가슴을 쭉 폈다. 의기양양한 모양새였다.

"베르디가 너무 귀여워서 어쩔 줄 모르시겠지요? 그렇지요? 주군의 마음에 쏙 들었겠지요? 베르디의 노림수가 바로 그것이랍니다! 주군의 여자가 될 생각은 추호도 없지만! 주군의 귀여운 시녀가 될 수는 있을 테니까요."

그러면서 입을 손으로 가리고 오호호호홋! 하고 웃었다. 한주혁은 한숨을 내쉬었다. 베르디는 12장로. 제국 NPC들과 비교해도 결코 뒤떨어지지 않는 스카이데블의 12장로 중 한 명이자 대마법사가 이런 성격과 모습을 갖고 있을 줄, 그 누가 상상이나 하겠는가.

-스킬. '홉디아의 특제 분신 마법'을 익히는 데 성공하였습니다.
-스킬. '홉디아의 특제 분신 마법'을 사용할 수 있습니다.

한주혁이 물었다.

"스킬 사용 시 주의점은?"

"하나의 의식으로 두 개의 인격체를 컨트롤해야 하는 일이에요. 잠시라도 정신을 놓으시면 돌이킬 수 없는 일이 벌어질 수도 있사와요."

그래서 베르디는 이렇게 조언했다.

"분신 마법을 사용하기 전에, 각 개체가 편하게 있을 수 있는 장소를 확보해 놓는 것이 좋을 것 같아요."

베르디는 굳이 그 작은 몸을 움직여 '끙차, 끙차' 소리를 내고서는 자신의 몸집만 한 의자 두 개를 한주혁 앞에 놓았다. 마법으로 그냥 쉽게 옮기면 될 것을, 굳이 몸으로 옮겼다.

"두 개의 인격체를 동시에 컨트롤 하는 것은 지능이 아무리 높다 하여도 힘듭니다. 그러니까 한 개체, 한 개체를 따로따로 컨트롤한다는 느낌으로 접근하시면 될 것 같사와요."

분신을 사용하여 몸을 두 개로 만든다. 다만 두 개의 몸을 동시에 컨트롤하지 않고, 따로따로 한 번씩 컨트롤 하는 것이 훨씬 더 쉽단다.

"그러니까…… 동시 대화가 아니라 한 번씩 번갈아가면서 자문자답하는 형식으로 진행하라는 거지?"

"그 말이 맞사와요. 주군은 정말 총명하셔요. 베르디는 주군의 총명함에 다시 한번 반했사와요."

베르디는 의자에 앉아 발을 동동 구르며 얘기했다. 의자가 꽤 높기도 높았고 베르디의 다리가 짧기도 해서 바닥에 발이 닿지 않았다.

한주혁은 바로 마법을 사용하기로 했다.

'좋았어.'

베르디로부터 조언까지 들었겠다. 시간을 끌 필요는 없었다.

-스킬. '홉디아의 특제 분신 마법'을 사용합니다.

한주혁은 이게 내심 어렵다고 생각했다.

'베르디의 조언 없이 무턱대고 사용했으면 엄청 꼬일 뻔했네.'

뭐랄까. 조금만 정신을 놓으면 정신 자체가 꼬여 버릴 것 같은 기분이었다. 느낌이 이상했다. 굳이 비유하자면, 억지로 졸음을 참고 있는 느낌과 비슷했다.

아주 까딱, 정신을 차리지 못하면 그대로 잠들어버릴 것만 같은 그런 기분. 잠들어 버릴 것만 같은 기분과는 약간 달랐다. 제3자가 되어 꿈을 꾸고 있는 것 같기도 했다. 느낌이 요상했다.

절대악. 그리고 적대악이 한자리에 만났다.

적대악인 앤서가 말했다.

"제국. 특사다."

어차피 나와 대화하는데 어려운 어휘 같은 건 필요 없다. 퀘스트가 요구하는 '30분의 대화'만 충족시키면 되는 거 아니겠는가.

절대악인 아서가 말했다.

"그래."

퀘스트가 요구하는 것은 총 네 가지였다.

1) 30분 이상의 대화.
2) 사과/굴복의 내용이 담긴 일체의 문서.
3) 볼모(인질)로 활용 가능한 절대악 휘하 상위급 NPC/플레이어
4) 에르페스 제국에 성의를 표할 수 있는 레전드급 이상의 아이템/보물.

이 모든 것을 전부 완벽하게 맞출 필요는 없었다. 설명창에도 그렇게 나와 있다.

* 모든 요건을 완벽하게 만족하지 않아도 퀘스트 클리어는 진행됩니다. 단, 퀘스트 클리어 보상은 상황에 따라 달라질 수 있습니다.

'이건 이것 나름대로 고역이네.'
자신과 대화를 해야 한다는 것은 나름 고역이었다. 할 말도 없다.
게다가 세인트 마나 컨트롤로 컨트롤 하고는 있다지만 그래도 마법 자체의 위험성이 높다. 너무 무리해서 말을 하려고 하다가는 괜히 마나 흐름이 꼬일 수도 있다.
'그래. 뭐.'

말만 하면 대화 아니겠는가. 아서와 앤서가 대화를 시작했다.

"동해물과 백두산이 마르고 닳도록."

"하느님이 보우하사 우리 나라 만세."

아주아주 천천히. 굉장히 느릿느릿하게 가사를 떠올리면서 애국가를 불렀다. 어찌 됐든 둘이 번갈아가면서 얘기만 하면 되니까.

그리고 얼마 뒤.

JTBN을 통해 절대악과 적대악이 만남이 성공리에 끝났다는 소식이 알려졌다.

사람들은 흥분했다.

"절대악과 적대악이 만나면 도대체 무슨 얘기를 할까?"

"글쎄. 둘 다 한국인인 것은 틀림없지?"

JTBN을 통해 적대악에 관한 사실이 두 가지 알려졌다. 하나는 한국인이라는 것. 또 하나는 남자라는 것. 그 이상은 프라이버시상 밝힐 수 없다고 했다.

"한국 미래의 발전 방향에 대해서 진지한 논의가 이루어졌을 거라는 분석이 많아."

"지금 미국 움직임도 심상치 않잖아. 그 얘기를 심도 깊게 나눴을 거라던데."

미국은 지금 '도렌트 열풍'이 일고 있다. 저소득층 백인 남성들을 중심으로 하여 새로운 대선 후보인 도렌트를 지지하고 있는 현상이다. 도렌트는 미국 제일주의를 표방하며, 미국의 국익만을 최우선으로 생각한다고 주장하는, 약간 극단적인 성향의 우파 정치인이다.

"설마하니 도렌트가 진짜 대통령이 되지는 않겠지만…… 되면 아마 난리 날걸?"

"절대악을 향한 미국의 태도가 바뀔 수도 있어. 그렇게 되면 한국도 어마어마한 영향을 받겠지."

"그러니까…… 그런 중대한 얘기들을 했을 가능성이 높다는 거네? 향후 한국의 정치판도와 국제 정세에 관한 깊은 얘기."

"3충성도 그렇게 분석하더라."

물론 아니다. 절대악과 적대악은 번갈아가면서 애국가만 불렀다. 30분 시간 때우기가 생각보다 쉽지 않다는 걸 새삼 느끼면서.

어쨌든 영웅과 영웅이 만났다. 절대적인 영웅인 절대악과 신흥 영웅인 적대악. 1악과 4강의 만남. 그것은 한국 사회를 열광시켰다.

"여기서 대연합 새끼들과 악느님의 차이가 느껴지지 않냐?"

"대연합이었다면……."

대연합이 잘하던 게 그거다. 좀 잘나갈 것 같은 중소연합이 있거나, 좀 잘 될 것 같은 플레이어가 있으면 싼값에 포섭하거나 짓밟는다.

그래도 됐다. 왜냐하면 이곳은 헬조선이었으니까.

한국 기득권 대다수가 그것을 방치했으니까. 대연합 위주의 정책. 대연합 위주의 성장. 신귀족을 위한 나라. 개천에서 용 나는 것을 허용하지 않는 곳. 절대악이 나타나기 전까지는 그랬다.

"짓밟았겠지. 개새들."

"근데 절대악은 안 그러잖아. 정상적으로 대화까지 진행하고."

"그러니까 악느님 아니겠냐? 괜히 형렐루야 형멘이 아니지."

절대악이 등장한 이후로 이른바 '수저계급론'에 대한 얘기도 많이 사라졌다. 누구나 노력하면, 최소한의 성공은 할 수 있는 한국이 되었으니까.

어쨌든 한주혁은 스스로에게 줄 문서를 작성했다. 내용은 별거 없었다. 그 당시 제라툰의 행태를 자세하게 기술했다. 이쪽의 정당방위를 일목요연하게 설명하면서도, 그래도 무려 제국의 특사를 무시한 것처럼 보인 것에 대해서는 송구스럽게 생각한다는 내용을 넣었다.

'별로 안 송구스럽지만.'

언젠가는 부딪치겠지만.

'근데 이 보상이 내 거잖아?'

이 퀘스트는 제국이 내렸지만 중간 과정에서 시스템이 개입했다.

중요도가 대단히 높은 퀘스트라는 소리다. 송구하다 한 마디 적어서 더 좋은 보상 얻을 수 있다면 얻는 게 이득이다. 한주혁은 진짜 귀족도 아니고 NPC도 아니다. 귀족으로서, 대군주로서의 자존심보다 실제로 눈에 보이는 이득이 더 좋다.

'30분 이상 대화는 했고.'

문서도 작성했고.

'성의를 표할 수 있는 레전드급 이상의 아이템은…….'

세계 12대 초인의 아이템을 넘길 수는 없다. 그래서 블랙 스톤을 선택했다. 블랙 스톤도 레전드급 아이템에 비견될 수 있지 않겠는가.

'가슴은 쓰리지만.'

시스템이 개입하는 퀘스트는 언제나 돈(블랙 스톤)을 많이 잡아먹는다. 그래도 납득할 수 있을 정도의, 혹은 그 이상의 보상을 준다.

'블랙 스톤…… 10개 정도면 되겠지.'

저번에 500개를 한 번에 얻지 않았던가. 물론 얻는 만큼 또 나가는 것이 문제이기는 했지만 10개 정도는 충분히 여유가 있었다.

'그리고…….'

볼모로 활용 가능한 절대악 휘하의 상위급 플레이어.

'너로 정했다!'

그 대상은 이미 정해져 있었다. 그 대상에게 귓말을 걸려던 찰나. 가라! 루펜달! 이라고 말하려고 하던 그 순간에 먼저 귓말이 왔다.

-형님! 아주 무자비한 십새끼를 봤습니다!

한주혁은 어이가 없어 웃고 말았다. 루펜달로부터 귓말이 왔다. 너. 제국에 인질로 좀 가라. 어차피 너 성좌니까 제국에서 섭섭지 않은 대우를 받을 거야. 이렇게 말하려고 했는데 루펜달이 먼저 귓말을 걸다니.

-양반은 못 되겠네. 갑자기 무슨 일이야?

-갈튼이라는 놈입니다. 형님. 이 새끼 죽여야 됩니다.

한주혁은 루펜달로부터 자초지종을 들었다. 미스 에르페스에 참여한 천세송에게.

'옷을 벗으라고 했다고?'

그렇단다.

'이 새끼.'

이름이 갈튼이란다. 그 이름을 기억하기로 했다. 명백한 성희롱. 한주혁은 일단 로그아웃을 하고서 천세송을 달래주었다. 의외로 천세송은 멀쩡했다.

"오빠. 난 괜찮아. 아무렇지도 않은걸?"

여자라면 당연히 상처받았을 것이 분명한 상황이었는데. 천세송이 밝게 웃었다. 물론 아예 상처를 받지 않은 건 아니었다.

'오빠 안 그래도 되게 중요한 퀘스트 진행하고 있는데……'

그래서 굳이 내색하지 않았다. 괜히 방해되기 싫다고 생각했다. 한주혁이 인상을 살짝 찡그렸다. 천세송이 내색하지는 않고 있지만, 여자 친구의 마음이 느껴졌다.

"오빠가 혼내줄게."

갈튼? 백작?

"존나 무서울 거야."

의외로 갈튼은 한주혁과 아주 가까운 곳에 있었고, 나름대로 밀접한 관련이 있는 NPC였다.

'그 사건'은 듀퐁 백작의 저택에서부터 시작되었다.

8장
선전포고

한주혁이 퀘스트 클리어 보고를 위하여 듀퐁 백작을 찾았다.

"버, 벌써 오셨습니까? 옷!"

듀퐁은 황급히 한주혁을 맞았다. 영주성 내 여러 개의 응접실 중에서도 최고 귀빈을 맞이하는 응접실로 한주혁을 안내했다. 그의 예리한 직감이 말해줬다. 이 앤서라는 플레이어에게는 뭔가가 있다.

뭔지는 모르겠지만 분명히 그렇다. 무조건 잘 보여야 했다.

"앉으십시오. 옷!"

한주혁은 물소 가죽으로 만든 최고급 소파에 앉았다.

"퀘스트 클리어 보고를 하려고 왔습니다."

"보고라니요. 가당치도 않습니다. 오오옷!"

듀퐁 백작은 식은땀을 흘리며 '보고'를 대체할 수 있을 만한

다른 단어를 찾았다.

"상황을 알려주기 위하여 오신 것이지요! 오오옷!"

상황을 알려주는 것이 보고 아닌가. 한주혁은 보고라는 단어 자체에 별생각이 없었다. 듀퐁 혼자 확대해석했다.

'보고는 하급자가 상급자에게 하는 것이니! 옷! 옷! 옷!'

그럴 수는 없다. 주먹을 쥐었다 폈다를 반복했다.

'나. 왜 불안해? 옷? 옷?'

이유는 알 수 없지만 그의 직감이 자꾸만 경고했다. 뭔가 불안한 일이 닥쳐오고 있다. 불안하다. 불안해.

'혹시 또 나한테 누가 사기 치러 오나? 옷!'

오늘 적대악 앤서 말고, 다른 사람을 만나기로 한 약속은 없다.

'아니지. 내 친구 갈튼을 만나기로 한 날이지.'

갈튼은 좋은 친구다. 적어도 듀퐁에게는 그랬다. 변태 마법사인 홉디아까지 소개시켜 준 좋은 친구 아닌가. 그 친구 덕택에 어찌어찌 일이 잘 풀렸다.

'오늘은 약속이 두 개밖에 없는데 왜 불길한 거지? 옷?'

오늘은 정말 확실했다. 오늘처럼 불길한 기분을 느꼈던 적이 없다. 너무 불길해서 끔찍할 정도였다.

어쨌든 한주혁이 퀘스트의 결과물을 전달하자 듀퐁이 화들짝 놀랐다.

"대, 대단하십니다! 옷!"

듀퐁은 감탄할 수밖에 없었다.

"예전에 대사제 제라툰 님이 가셨다가 크게 봉변을 당하셨다고 했는데……."

제국에는 그렇게 알려졌다. 대사제 제라툰이 특사로 파견되었었는데, 잔악무도한 절대악에게 된통 깨지고 돌아왔다고.

제국. 그중에서도 황궁의 고위 NPC들이야 상황을 제대로 알지만, 다른 NPC들은 사실관계를 정확히 몰랐다.

"만나보니 되게 좋은 분이더군요."

"그, 그렇습니까? 오옷?"

또 식은땀을 흘렸다.

'도무지 이유를 모르겠군. 옷!'

자꾸 식은땀이 나는 이유를 모르겠다. 만나보니 좋다라.

"적대악과 절대악이면 서로 싸우는 관계 아닙니까? 옷?"

"적어도 아직은 아닌 것 같군요."

"배, 배포가 대단하십니다. 옷!"

듀퐁은 생각했다.

'그릇 차이에서 오는 불안감이다! 옷!'

그것밖에는 자신의 불안함을 설명할 길이 없었다. 포식자를 눈앞에 둔 초식동물의 본능. 듀퐁 백작은 그렇게 생각했다.

듀퐁 백작이 눈을 크게 떴다.

"그, 그런데 이, 이것은……?"

침을 꿀꺽 삼켰다.

'브, 브, 브, 브……!'

저도 모르게 옷! 옷! 옷! 옷! 을 연발했다. 그만큼 듀퐁이 당황했다는 뜻이다.

듀퐁이 버럭 소리를 질렀다.

"브, 블랙 스톤입니까! 오오오오오옷!"

듀퐁은 그렇게 소리 지르고서는 실수했다는 듯, 아차 하는 표정을 짓고서 다시 자리에 앉았다.

"실물로 보는 것은 처음입니다. 이럴 수가. 블랙 스톤이 무려……."

숫자를 세봤다. 하나. 둘. 셋. 넷.

"여, 열 개입니까? 옷? 옷?"

듀퐁은 갑자기 일어나서 바닥에 넙죽 엎드렸다.

"블랙 스톤이라니. 믿을 수가 없습니다. 이, 이 귀한 보물을……! 황제폐하께서도 무척이나 좋아하실 것입니다! 옷!"

한주혁은 거기서 묘한 괴리감을 느껴야만 했다.

'백작 정도면……. 나름 상위급 NPC인데.'

물론 백작들도 그 나름대로 급이 있다. 듀퐁의 경우, 아주 중앙관리라고 보기에는 힘들었다. 주요 필드도 아니고, 벤티 영지의 영주. 그렇지만 일단 백작이다. 허접한 NPC는 아니라는 뜻이다.

'근데 블랙 스톤을 보고 이 정도 반응을 보여?'

블랙 스톤. 물론 귀한 보물이지만 한주혁이 마음먹고 얻으려고 든다면, 얻지 못할 것도 없다.

'제국의 상위 NPC가 블랙 스톤을 처음 본다라.'

어쩌면.

'제국은 블랙 스톤을 얻을 수 있는 수단이 별로 없을지도 모른다.'

제국의 능력이면 블랙 스톤보다도 더욱 좋은 무언가를 가지고 있을 거라고 생각했다. 블랙 스톤쯤은 얼마든지 구할 수 있는 능력을 가지고 있을 거라고 생각했다. 하지만 아무래도 그 생각이 틀린 모양이다.

'제국의 능력 자체는 확실해.'

자신이 아무리 날고 기는 플레이어라고는 해도, 제국 전체와 싸워서 이길 가능성은 별로 없다.

'그런데 블랙 스톤을 얻을 수 있는 수단은 없다라.'

그럴 가능성이 높았다. 어쩌면 자신이 훨씬 더 블랙 스톤을 잘 모을 수 있는 능력을 가졌을지도 모른다.

'이를테면…… NPC가 잡으면 몬스터 스톤이 드랍되지 않는다든가.'

충분히 일리 있는 가정이다. 한주혁이 흐뭇하게 웃었다. 비록 가정에 불과하기는 했지만 이런 것이야말로.

'이게 바로 밸런스지! 장하다. 제우스.'

밸런스의 묘미 아니겠는가. 역시 올림푸스는 밸런스의 게임이다. 물론, 제3자가 한주혁의 마음을 읽었다면 '네가 밸런스를 논해? 뭔가 잘못되어도 한참 잘못되지 않았냐?'라고 말했겠지만.

한주혁에게 알림이 들려왔다.

-퀘스트 클리어 조건을 만족하였습니다.
-퀘스트 클리어 조건에 해당하는 물품들이 듀퐁 백작에게 전송되었습니다.
-퀘스트 클리어 보상이 잠시 보류됩니다.

보상은 잠시 보류된단다. 듀퐁이 즉석에서 보상을 내릴 수 없는 모양이었다. 이 물품들을 황궁으로 보내고, 황궁에서 지시가 내려올 때까지 기다려야 한다고 했다.

"정말 죄송하게도…… 3일 정도는 걸릴 것 같습니다. 옷!"

"어쩔 수 없죠."

그때 듀퐁은 좋은 생각이 떠올랐다.

"특사님. 많이 바쁘십니까? 옷?"

네. 바빠요. 그렇게 말하려다가 생각을 고쳐먹었다. 그래도 나름 메인 퀘스트의 중심부와 맞닿아 있는 NPC 아닌가.

"무슨 일이시죠?"

"이제 곧 제 친한 친구가 이곳을 찾아옵니다. 그 친구를 특사님께 소개시켜 드리고 싶습니다! 옷!"

듀퐁이 생각하기에 갈튼은 좋은 친구다.

"에르페스 제국 굴타 왕국 휘하의 백작입니다."

이 좋은 친구를, 적대악 앤서와 같은 '원인 모를 공포감'을 심어주는 사람(플레이어라고는 믿을 수 없을 만큼 대단한)과 연결해 주면 자신의 할 도리를 다하는 것 아니겠는가.

한주혁은 고개를 갸웃했다.

'굴타 왕국?'

들어보지 못한 왕국이다. 아직까지 올림푸스는 플레이어에게 공개된 필드보다 공개되지 않은 필드가 더 많다고 알려져 있다. 그게 사실인지 아닌지는 차치하고서, 일단은 그렇게 알려져 있는 상황.

'미공개 필드의 백작인가.'

그 어떤 히든 퀘스트와 연결이 되어 있을지도 모른다.

"좋습니다. 그런 분과 연을 만들어 놓으면 제게도 도움이 되겠죠."

"그렇습니다! 인맥이야말로 진정한 능력이자 힘이죠! 오오옷!"

그 친구를 미리 소개하기로 했다.

"그 친구의 이름은 갈튼입니다! 갈튼 백작! 오오오옷!"

한주혁은 갈튼과 만났다. 갈튼. 백작. 이름이 같고 직책도 같다.

-아주 무자비한 십새끼입니다, 형님.

루펜달이 이렇게 얘기하면서 놈의 얼굴까지 보내왔는데.

'똑같네.'

동일인이었다. 어디서 그놈을 찾을 수 있을까. 내 하나뿐인 여자 친구. 아니, 곧 아내가 될 사람을 향해 옷을 벗으라며 상품 취급을 했던 그 NPC가 어떤 새끼인가. 어디 가서 어떻게 찾을까. 조금 고민했었는데. 바로 앞에 있었다.

한주혁이 씨익 웃었다.

"어디 사는 누구신가 참 궁금했습니다."

"하, 하하! 그, 그렇습니까?"

좋은 인연을 소개해 줬다고 생각했던 듀퐁은 식은땀을 또 흘렸다.

'오잉? 오옷? 오오옷? 나 왜 불안하니?'

분위기는 분명 화기애애했다. 어디 사는 누구인지. 궁금했다고 말하면서 악수를 하고 있지 않은가.

한주혁이 말을 이었다.

"갈튼 백작님을 만나 뵙게 되어 참 좋습니다."

"저도 특사님과 같은 특출한 플레이어분을 만났다는 것이 참 행복합니다. 하하하!"

갈튼은 이상함을 전혀 눈치채지 못했다. 다만, 플레이어 같지 않은 플레이어를 만났다는 것에 흥미를 느끼고 있을 뿐.

한주혁이 물었다.

"홉디아 마법사를 소개시켜 주셨다죠?"

"그렇습니다. 좀 괴짜이기는 해도, 특사님께 큰 도움이 되었을 것입니다!"

하하하! 하고 또 크게 웃으면서.

"제가 약간은 도움을 드린 것도 같네요. 잊지 말아주셨으면 좋겠습니다!"

라고 너스레를 떨었다.

"그렇군요. 갈튼 백작님은 굴타 왕국의 백작이시죠?"

"그렇습니다. 언제 한번 놀러 오시죠. 제가 섭섭지 않게 대접하겠습니다. 아!"

그는 생각이 났다. 최근에 아주 아름다운 여자를 봤다.

그 평생에 그토록 예쁜 여자는 처음 봤다. 어지간한 여자에는 눈길도 주지 않는 갈튼이지만, 그 여자는 달랐다. 그냥 예쁜 수준이 아니었다.

"저희 영지에는 아주 예쁜 여자들이 많습니다. 하하! 즐겁게 해드릴 자신이 있습니다."

듀퐁은 자꾸만 뭔가가 잘못되어 간다고 느꼈다. 이유는 모르겠지만 자꾸만 그의 팔뚝에 돋아나 있는 솜털이 삐죽삐죽 솟아올랐다.

"그 예쁜 여자들 중에 플레이어도 포함되어 있나요?"

"아. 플레이어를 선호하시는군요. 물론입니다. 플레이어들도 여럿 존재합니다. 특상급으로 준비해놓겠습니다. 하하하!"

한주혁이 말했다.

"한번 놀러 가겠습니다. 위치를 좀 정확하게 알려주세요."

JTBN을 통해 한 가지 사실이 발표되었다.

-적대악과 절대악의 성공적인 만남.
-절대악. 에르페스 제국과의 관계 개선을 시작하다.

에르페스 제국은 절대악의 사과를 받아들였다. 사실 정확하게 '사과'라고 보기에는 좀 애매한 구석이 있었으나 에르페스 제국도 그 정도 선에서 납득하고 넘어갔다. 게다가 절대악이 친선의 증거로 블랙 스톤 10개를 보내줬단다.

에르페스 제국은 그것에 매우 흡족해하고 있는 상황이고.

3충성은 이렇게 분석했다.

-가는 게 있으면 오는 것도 있는 법임. 예로부터 그랬음.

그리고 보통의 경우. 특히 제국처럼 체면을 신경 쓰는 나라 같은 경우.

-블랙 스톤 10개 이상의 무언가를 보답할 확률이 높음. 큰 나라. 대륙의 배포를 보여주기 위하여. 절대악은 그것을 노리고 무려 블랙 스톤을 소모한 것임.

그리고 또 다른 노림수도 있다고 봤다.

-세계 각국 정상들이 또다시 눈에 불을 켜게 됐음. 절대악한테 잘 보이면 블랙 스톤이 우수수 떨어진다는 그 사실이 다시 증명됐음.

제국에게 선물로 블랙 스톤 10개를 선물했다. 절대악 등장 전에는 세계에 단 2개만 풀렸던 보물이다. 그런 보물이 무려 10개나 선물로 보내졌다.

-그 시점에서, 절대악은 걸어 다니는 대한민국이라 할 수 있음.

세계 외교관을 역할을 톡톡히 하고 있다. 전 세계 그 어디에서도 한국을 무시하지 못한다. 절대악이 있으니까. 절대악과 관련된 소식은 거기서 끝이 아니었다.
한세아가 물었다.
"오빠. 그러면 왕이야?"
"음. 일단은 비슷한 거지. 자치 대륙으로 인정받았으니까."
"자치 대륙? 그게 뭔데?"

"이번에 새로이 생겨난 거야."

"오빠 때문에 새로운 제도가 생겨?"

일단 '왕'은 아니다. 왕이면 제국의 신하라 할 수 있다. 에르페스 제국 소속의 왕은 아닌데.

"따지고 보면 왕이랑 같다고 보면 돼. 대외적으로는 에르페스의 신하는 아닌데, 에르페스는 나를 신하 비슷하게 보려는 거지. 아서 대륙을 내가 다스리는 것을 인정하는 대신."

"그럼 안 좋은 거 아냐?"

"딱히 그렇지는 않아. 지금과 달라질 건 별로 없어. 다만, 에르페스 제국이 나한테 신경을 쓰지 않겠지. 신하는 아니지만 신하 비슷한 이가 대륙의 지배자가 되었으니까. 합법적으로."

일단은 친선관계를 이룩했다. 이 평화가 언제까지 지속될지는 모르겠다만 일단은 그랬다.

한주혁이 어깨를 으쓱했다.

"여기서 우리는 알 수 있는 거야."

"뭘?"

"대공이 권력을 장악한 후. 어느 정도 안정세에 접어들었던 제국이 또 여유를 잃었다는 걸."

한주혁은 적대악으로 활동하면서 정보를 얻을 수 있었다.

지금 젊은 영웅 칸트와 대도 블랙이 황궁의 가장 큰 골칫덩이다. 플레이어인 절대악에게는 크게 신경 쓸 여력이 없다는 뜻이다.

"그때 제라툰을 특사로 보냈을 때보다도 더 여유가 없어."

그렇다는 말은 곧.

"그만큼 칸트가 대단한 NPC라는 뜻이 되겠지."

제국을 상당히 귀찮게 할 만큼의 능력을 가진 NPC라는 뜻이다.

"무슨 말인지 알겠어. 어쨌든 오빠는 더 시간을 벌었다는 거네."

"그렇지."

"오빠는 시간만 있으면 미친 듯이 성장하잖아."

절대악도 사기였는데, 거기 적대악 능력까지 얻었다.

제국에서 특사 퀘스트 클리어 보상으로 무엇을 줄지도 기대하고 있는 상황. 한세아의 눈으로 봤을 때, 오빠인 한주혁은 앞으로 꽃길만 걸을 것 같다. 그 꽃길 속에 폭풍 성장이 포함되어 있는 것은 두말할 필요도 없고.

그러다가 한세아가 문득 떠올렸다.

"근데 오빠. 그 자식, 그냥 둘 거야?"

그 때려죽여도 시원치 않을 자식. 한주혁이 피식 웃었다.

"아. 갈튼?"

한세아는 찔끔 놀랐다. 오빠가 웃는 게 웃는 게 아니었다. 처음으로 오빠가 웃는 게 무서웠다.

"다 생각이 있어."

"어떻게 할 건데?"

한주혁이 간단하게 설명했다.

"……그렇게 할 거야."

그 말에 한세아는 진심으로 감탄할 수밖에 없었다.

"오빠 진짜 천재 같아. 언제 시작할 건데?"

한주혁이 다시 한번 씨익 웃고서 말했다.

"지금."

절대악은 대단히 분노했다.

-나는 장차 내 아내가 될 여인을 그토록 모독한 것에 대하여 참을 수 없다.

절대악은 이제 그냥 절대악이 아니다. 이제는 에르페스 제국에서 인정한 '자치 대륙'인 아서 대륙을 다스리는 왕이다.

물론, 정확하게 따지고 들자면 왕이라고 보기에는 좀 애매하기는 했으나 일단 대외적으로는 왕과 비슷한 급이라 볼 수 있었다.

-하여 나. 에르페스 제국의 허락을 득하여 아서 대륙을 통치하고 있는 아서는 지금의 상황을 결코 좌시할 수 없다.

장차 아내가 될 여자를 모욕했다.

-이것은 곧 아서 대륙의 통치자인 나를 무시하는 행위이며 아서 대륙 전체를 가벼이 여기는 행위로 간주할 수 있다.

그래서 한주혁은 '미스 에르페스' 심사에 대해 정식으로 이의를 제기했으며 갈튼 백작에게 영지전을 신청했다. 말 그대로 선전포고였다. 그것도 제국의 허락까지 얻은.

천세송이 방긋 웃었다.

"오빠. 이렇게까지 하지 않아도 되는데……."

이렇게까지 하지 않아도 된다고 말은 하는데 천세송의 얼굴은 상당히 밝았다. 그 옆에서 한세아가 고개를 절레절레 저었다.

"우리 오빠지만 가끔은 좀 사기 같기는 해."

지금 오빠는 한 번의 행위로 여러 토끼를 한꺼번에 잡고 있다. 가장 먼저, 사랑하는 여자 친구를 성희롱한 NPC에게 복수를 할 수 있다.

그리고 적합한 명분을 통해 영지전을 신청하여 영지까지 빼앗을 수 있다. 뿐만 아니라 앞으로 있을 '미스 에르페스' 대회에 강력한 영향까지 끼칠 수 있을 거다.

한주혁이 천세송의 머리를 쓰다듬었다.

"여기 전쟁의 최강자. 앱솔루트 네크로맨서 있잖아."

앱솔루트 네크로맨서. 한주혁을 제외하면, 대규모 집단전에서 가장 강력하다고 표현되는 플레이어다. 물론 한주혁이 옆에 있어서 조금 약해 보이기는 했지만.

그 앱솔루트 네크로맨서는 한주혁의 손길이 좋은지, 한주혁에게 팔짱을 끼면서 더욱 밝게 웃었다.

한세아가 말을 이었다.

"이번 사안 같은 경우는 에르페스 제국에서도 어떻게 말리기 좀 곤란한 상황이고."

여기에는 3층성도 함께했다. 매지컬 콜렉터로서의 임무를 다하기 위하여. 영지전을 하게 되면, 아이템 드랍도 많이 될 거다. 매지컬 콜렉터가 필요하다.

3층성은 생각했다.

'이것은 제우스의 안배인가. 절대악의 노림수인가.'

어쩌면 둘 다일 수도 있다.

'하필이면 이 타이밍에 왕과 비슷한 지위를 획득했어.'

정말 그렇다. 하필이면 딱 이 타이밍에 그랬다.

'원래의 절대악이 그랬다면 바로 토벌당할 수도 있었겠지.'

제국의 영역을, 허락받지 못한 자가 공격한 거다. 제국이 아무리 여유가 없어도 그 정도 도발을 받으면 움직일 수밖에 없다. 그런데 지금은 아니다.

'지금 절대악은…… 일종의 왕.'

에르페스 제국 휘하의 왕이 에르페스 제국 휘하의 백작에게 영지전을 걸었다. 그것도 적합한 명분을 가지고.

'정말 귀신같은 타이밍이다.'

그걸 얻자마자 또 이렇게 써먹는 절대악이, 가끔은 좀 무섭기까지 했다. 하늘에서는 요란한 울음소리가 들려왔다.

키에엑!

그 울음소리가 들리자 기현상이 벌어졌다. 꼬꼬로부터 멀리 떨어져 있는 곳까지, 꼬꼬의 울음소리가 영향을 끼쳤다. 흰털 사슴을 공략하던 플레이어들은 당황했다.

"어? 어? 갑자기 얘 왜 이래?"

"아이씨. 다 잡았는데!"

흰 털 사슴을 거의 잡았건만.

"아니. 근데 왜 도망쳐?"

"몰라. 나도 처음 보는데."

"나도 여기서 석 달째 사냥 중인데 도망치는 거 처음 본다."

제왕 카리아. 다른 말로 꼬꼬. 꼬꼬의 울음소리를 들은 몬스터들이 마구 도망쳤다.

절대악. 앱솔루트 네크로맨서. 루펜달. 루나(한세아). 꼬꼬. 충성충성충성.

영지전을 위하여, 6명이 움직이기 시작했다.

갈튼 백작은 코웃음을 쳤다.

"뭐라고?"

그도 듣기는 들었다. 절대악이라는 자가 있어서, 운 좋게 시스템의 힘을 빌려 새 대륙을 얻었단다. 그 대륙의 패자로 인정받았다고는 들었다. 그러나 갈튼이 보기에 그건 그저 운이었다. 작금의 혼란스러운 정세를 틈타 어부지리를 얻은, 운 좋은 플레이어.

"플레이어가 왕이라니. 그게 말이나 되나?"

그나마 최근 적대악이라는 자가 제국의 특사 신분을 얻었다. 그런데 왕이라니.

"아니지. 따지고 보면 왕도 아니잖아?"

왕이라고 보기에는 조금 애매했다. 자치 대륙을 다스리는 통치자일 뿐이니까. 편의상 왕으로 분류할 뿐.

갈튼이 다스리는 영지의 이름은 '파라스' 영지다. 중간급 규모라 할 수 있는, 듀퐁 백작의 벤티 영지와 비슷한 규모.

플레이어에게는 아직 공개되지 않은 필드 중 하나지만, 에르페스 제국에서는 이름난 '미인의 고장'이었다. 유흥문화가 굉장히 발달되어 있는 곳이었는데, 덕분에 영지의 재정 상황은 상당히 괜찮은 편이었다.

"그렇습니다. 본보기를 보여야 할 것입니다."

"맞습니다. 감히 플레이어 따위가 백작님께 영지전을 신청하다니요. 이건 있을 수 없는 일입니다."

"그렇습니다! 분수를 몰라도 너무 모르는 것 같습니다!"

갈튼 백작은 흐뭇한 미소를 지었다. 역시 그렇다. 플레이어 따위가 감히. 어딜 기어오른단 말인가. 요즘 제국에서 플레이어들을 좀 사람취급 해주는 것 같은데. 그러니까 너무 기어오르는 것 같다.

"내 기필코 쓴맛을 보여주고 말겠다."

"그렇습니다."

"백작님의 위엄 앞에 꽁지를 말고서 도망칠 것입니다."

"파라스 영지의 저력을 모르는 놈이 분명합니다."

파라스 영지는 나름 저력이 있는 영지이기는 했다. 파라스 영지는 유흥이 굉장히 발달한 곳이고, 사람과 돈이 모이는 영지였으니까. 그런데 이번 경우는 그게 엄청난 독으로 작용했다.

소식을 들은 듀퐁 백작은 황급히 갈튼 백작을 찾았다.

"내 이럴 줄 알았네! 옷! 옷! 옷!"

파라스 영지는 플레이어에게 공개되지 않은 필드다. 반대로, NPC들도 플레이어들을 접할 일이 별로 없는 곳이기도 하다.

"세상이 많이 변했네! 옷! 옷! 옷!"

과거의 플레이어와 지금의 플레이어는 완전히 다르다. 특히나 성좌들. S등급의 플레이어들.

적대악, 절대악. 그리고 에르페스 플레이어들이 말을 하곤 하는 '4강' 정도 되는 이들은 이제 결코 얕볼 수 없는 수준까지 올라섰다. 지금 갈튼은 그걸 전혀 모르고 있는 것 같다.

"파라스 영지의 저력이 약하다고 말하는 게 아니네! 옷!"

세상 돌아가는 일에 관심이 없어도, 알아서 돈이 들어오고 알아서 굴러가는 영지. 그래서 듀퐁 백작은 답답했다.

"절대악은 자네가 상상하는 플레이어와는 격을 달리하는 엄청난 플레이어란 말일세! 옷! 옷! 옷!"

그러나 갈튼은 은근히 기분이 나빴다.

"자네. 날 무시하는 건가?"

"무시하는 게 아니네! 오오옷!"

"무시하니까 내게 이런 조언을 하는 거 아닌가. 내 신하들은 전혀 걱정하지 않는다네. 내 용맹한 군대가 놈을 쳐부술 것이야."

듀퐁은 답답했다. 그의 본능이 경고하고 있었다. 지금은 위험하다. 솜털이 쭈뼛쭈뼛 서는 것이 영 심상치가 않다.

'그러니까! 그 신하들이 뭣도 모르는 멍청이들이라고!'

듀퐁은 그 신하 놈들의 얼굴에 주먹을 꽂아 넣고 싶었다.

'우물 안 개구리 같으니라고!'

물론 지난 200년간, 플레이어가 NPC에 비해 훨씬 약했던 것은 사실이다. 그러나 이제 그게 바뀔 때가 됐다. 플레이어들은 하루가 갈수록 더욱 강해지고 있다.

"더 이상 말을 말게. 그놈도 나를 이토록 무시하는데. 친구인 자네까지 날 무시할 셈인가?"

갈튼은 기분이 매우 나쁜 듯했다.

"자네. 그놈들이 몇 명의 군사를 이끌고 내게 영지전을 걸었는지 알고 있나?"

"너무 급하게 달려와서 잘 모르네. 오옷……!"

"맞춰보게."

글쎄. 그래도 2만 명 정도의 병력은 있어야 하지 않을까. 듀퐁은 그렇게 생각했다.

갈튼이 손가락 6개를 폈다. 듀퐁이 고개를 갸웃했다.

"6천인가? 옷?"

"아니네."

"그, 그럼 6만인가?"

그래. 새로운 대륙까지 창조했다니. 그 정도 플레이어들을 이끌고 올 수도 있겠지.

"아니네."

"설마 60만은 아니겠지? 오옷?"

"그것도 아니네."

"그럼……."

"여섯이네."

듀퐁도 순간 할 말을 잃었다.

"……여섯…… 인가? 오옷……?"

여섯으로 전쟁을 어떻게 한단 말인가. 영지전도 전쟁의 일종이다.

"여섯이서 쳐들어오는데 부산 떨 게 무엇이란 말인가. 자네는 걱정 말고 벤티로 돌아가서 승전보나 기다리고 있게."

듀퐁은 고개를 끄덕였다. 저 말이 맞다. 6명이 두려울 리는 없다. 분명히 그게 맞다. 그런데 좀 이상했다.

'난 왜 무섭지? 옷?'

마지막으로 조언했다.

"그래도 조심해서 나쁠 것은 없네. 필요한 경우에는 내게도 도움을 요……."

자신에게 도움을 요청하라고 말하려고 했는데 갈튼이 말을 끊었다.

"그럴 일은 없을 거네. 혹시 있다 할지라도. 나와 국왕 폐하의 관계를 잊었는가?"

"오옷! 그렇군!"

갈튼 백작은 굴타 왕국 소속이다. 굴타 왕국의 국왕은 갈튼과 매우 친한 사이다. 더 정확히 말하자면 갈튼의 여동생이 굴타 왕국의 후궁으로 시집을 갔다. 어쨌든 매우 긴밀한 관계를 유지하고 있다.

"그럴 리 없겠지만…… 혹여라도 내게 안 좋은 일이 생긴다면 국왕폐하께서 나서실 것이 틀림없네."

한세아가 물었다.

"오빠. 그런데 거기 위치는 플레이어한테 공개 안 되지 않았어?"

물론 그렇다. 파라스 영지는 플레이어에게는 비공개된 필드다. 하지만 한주혁은 그곳이 어디인지 안다.

어떻게 가는지도 들었다. 아예 모르는 곳이면 갈 수 없지만, 그곳의 주인이 직접 알려주었으니 이제는 갈 수 있다. 미니맵이 밝혀졌으니까. 갈 수 있는 곳으로 설정되었으니까.

6명의 군대(?)가 파라스 영지의 성까지 도달하는데 걸린 시간은 불과 15분에 불과했다. 워프 포탈을 이용했다. 절대악인 한주혁 역시 지금은 에르페스 제국 휘하에 소속되어 있다. 워프 포탈을 얼마든지 이용할 수 있다.

파라스 영지의 망루에 마련되어 있는 의자에는 갈튼 백작이 앉아 있었다. 거리는 꽤 멀었지만 한주혁에게는 굉장히 잘 보였다.

'잘 만났다.'

놀러 왔습니다. 반갑네요. 아주 많이.

목소리가 들려왔다. 마법확성기를 통한 음성이라 한주혁 일행에게도 크게 들렸다.

"아서 대륙의 통치자는 내 말을 잘 들어라. 별 같잖지도 않은 이유로 내게 영지전을 신청한 저의가 무엇이냐? 이 파렴치한 플레이어여."

"……."

한주혁은 딱히 대답하지 않았다. 원래 절대악은 말보다 주먹이 더 가까운 클래스 아닌가.

"더 이상 가까이 오면 발포하겠다."

한주혁은 마법흐름을 살폈다. 이제야 좀 살 것 같다. 적대악일 때에는 스킬이 별로 없어서 답답했었다. 역시 뭐니 뭐니 해도 본캐가 최고다.

'심안.'

대충 가늠해 보니.

'3급 마법병기 정도 되겠네.'

3급 마법병기쯤 되는 물건들이 성벽에 포진해 있었다.

'제법 돈이 많은 영지라더니 그 말이 맞나보네.'

아주 좋다. 3급 마법병기들. 이제 저것도 내 거다.

"마지막으로 경고한다. 곧 발포하겠다. 네까짓 놈이 무려 3급 마법병기의 포화 속에서 살아남을 수 있을 것 같으냐?"

한주혁이 피식 웃었다. 3급 마법병기? 이미 수도 없이 겪어 봤다.

'어쩌면 이렇게 예상대로 흘러가냐.'

한주혁이 아무 생각도 없이 쳐들어온 건 아니다.

물론 그래도 되기는 하지만 이왕에 움직이는 거, 얻을 수 있는 건 모두 얻어야 직성이 풀리지 않겠는가. 한주혁이 무언가를 많이 얻는다는 건, 갈튼이 그만큼 탈탈 털린다는 것을 의미하기도 했고.

한주혁이 말했다.

"너는 내 아내 될 여자를 모욕했다. 남편 될 자로서. 어찌 이 모욕을 넘길 수 있단 말이냐?"

"심사 과정에 있을 수 있는 간단한 헤프닝이었다. 겨우 그까짓 일로 영지전을 신청하다니. 사내의 배포가 그것밖에 안 되는 것이냐?"

"겨우 그까짓 일로 제국에서 잘도 영지전을 허락해 줬군. 지금 제국의 판단을 우습게 보는 거냐? 그런 거냐? 이거 보고해도 되냐?"

"……."

갈튼은 순간 할 말을 잃었다. 한주혁이 보기에, 갈튼은 그다지 똑똑하지도 않고 유능하지도 않은 NPC였다.

'유능했다면 애초에 3급 마법병기 따위로 저토록 자신만만하지도 않았겠지.'

절대악의 무용담은 이미 NPC들 사이에서도 알음알음 퍼져 있는 상태. 마음먹고 정보력을 가동했다면 3급 마법병기쯤은 절대악에게 아무런 소용이 없다는 것을 알았을 것이다. 그 최소한의 정보력도 없는 것 같았다.

'마성격 한 방이면 무너뜨릴 수 있겠지만.'

잠시 참기로 했다. 그가 노리고 있는 것은 단순한 복수가 아니었으니까. 큰 그림은 아직 시작도 안 했다. 메인 시나리오의 중심. 언젠가는 제국과 맞서 싸울 것이 분명한, 절대악으로서의 큰 그림 말이다.

한주혁이 걸음을 옮겼다.

'그럼 이제. 시작해 볼까?'

9장
황금알을 낳는 대륙

　한주혁이 아주 잠깐 뒤로 물러섰다. 곁에서 봤을 때는 마치 3급 마법병기의 파괴력이 두려운 것처럼 보였다. 갈튼 백작 역시 그렇게 생각했다.

　갈튼이 명령을 내렸다.

　"쏴라."

　물론 이 명령을 내릴 때에는 마법 확성기를 끄고 얘기했다. 비밀리에 쏘라고 명령했다.

　마법병기를 다루는 마법사 중 한 명이 되물었다.

　"쏘, 쏩니까?"

　더 이상 다가오면 쏜다고 경고했다. 아직 다가오지 않았다. 오히려 뒤로 물러섰는데 쏘라니. 아무리 영지전 중이라지만 이건 좀 아닌 것 같다.

"쏴. 얼른. 더 멀어지기 전에."

저 건방진 놈. 콧대를 꺾어줘야 했다. 어디 감히 플레이어 따위가, 바깥세계에서 놀러 온 놈팡이 따위가 이 세계의 주인인 NPC에게 영지전을 건단 말인가. 저런 놈은 혼쭐이 나야 했다.

여기서 죽어도 되살아난다고?

'마법병기 앞에서는 의미 없다!'

다시 한번 확인했다.

"델리트 기능 활성화 잊지 말고."

3급 마법병기 '파이안'이 불을 뿜었다. 얇은 불기둥 16다발을 쏘아내는 마법병기로서, '화 속성'의 마법병기다. 다수의 적을 쓰러뜨리기 위한 것이 아닌, 소수의 적에게 치명타를 가하는 마법병기.

한주혁은 우스꽝스러운 모습으로 몸을 던졌다. 바닥에 떼굴떼굴 굴렀다. 그 바람에 한주혁의 옷이 굉장히 더러워졌다.

갈튼은 그 모습에 매우 흡족해했다.

"하하하하하! 아주 귀엽구나. 재롱을 부리는구나, 재롱을 부려."

새로운 대륙의 패자? 그런 게 다 무슨 소용이란 말인가. 이제는 제 주제를 알고 바닥을 구르고 있다. 흙먼지를 뒤집어쓴 놈의 모습은 처참하기까지 했다. 적어도 갈튼이 보기에는 그랬다.

한주혁은 직감할 수 있었다.

'맞아도 안 아프겠네.'

확실히 느낄 수 있었다. 맞아도 안 아프다. 초인의 영역에 들어서기 한참 전에도 3급 마법병기는 별거 아니었다. 지금은 말할 것도 없다.

힘을 너무 주면 안 된다.

'페이스 조절.'

한주혁의 목표가 갈튼인 것은 맞지만 갈튼으로 끝은 아니었다. 시르티안이 이렇게 얘기했다.

-약간의 장기전으로 끌고 갈 필요가 있다고 생각됩니다.

-이유는?

-훗날 제국으로 진출할 수 있는 교두보를 마련할 수 있기 때문입니다.

-갈튼 백작의 영지가 그 정도의 값어치가 있는 곳인가?

파라스가 생각보다 꽤 번창한 도시인 것은 맞다. 유흥의 도시라고 불릴 정도니까. 그렇지만 제국과의 결전에 있어서 반드시 필요한 교두보라고 보기에는 어려웠다.

-파라스가 아닌, 굴타를 보십시오. 주군.

거기서 한주혁은 감을 잡을 수 있었다.

-갈튼을 살살 꾀어내어 굴타의 왕까지 참전하게 만들라는 말이군.

-그렇습니다. 주군.

시르티안이 단초를 제공했고 한주혁이 그걸 완벽하게 이해했다. 파라스 영지 하나는 그다지 중요하지 않을 수 있으나 '굴타 왕국' 전체를 집어삼킨다면 얘기가 달라진다.

한주혁이 좀 더 큰 그림을 그렸다.

-듀퐁을 통해 정보를 좀 흘려 넣으라는 얘기지?

-그렇습니다. 주군.

시르티안은 나름 흐뭇해했다. 주군은 역시 주군이다. 한마디 말만 던져놓으면, 모든 상황을 자신 못지않게 해석하며 이끌어가는 능력을 갖추셨다. 역시 주군이시다.

그래서 한주혁은 일종의 기만 작전을 펼치기로 했다.

"성벽과 마법병기에만 의존하는 겁쟁아. 체력을 회복하고 다시 오겠다."

"다시 와봤자 소용없을 것이다."

갈튼은 흐뭇하게 웃었다.

플레이어 중에 최강이라고 해서 얼마나 강한지 봤더니, 역시 속 빈 강정이었다. 텅 빈 수레가 더 요란한 법이다. 절대악이라는 놈, 정말 별것 없었다. 3급 마법병기에 힘도 못 쓰고 돌아가지 않는가.

"30일 후면. 네 영지도 내 것이다."

제국법상 영지전은 30일간 이루어진다. 30일 동안 승자와 패자를 가리는 것이다.

승자와 패자가 정확하지 않은 경우에는 제국에서 중앙관리를 파견하여 승자와 패자를 가린다. 이 경우에는 먼저 공격한 쪽. 그러니까 영지전을 신청한 쪽이 좀 더 불리하다.

갈튼은 기분이 굉장히 좋아져서는, 군사들을 시켜 노래 아닌 노래를 부르게 했다.

'절대악 멍청이. 절대악 얼간이'로 시작하는 그 노래는 절대악을 비하하고 플레이어 따위가 감히 NPC에게 거스르면 큰코다친다는 내용을 담고 있었다. 그걸 확성기를 통해 한주혁에게 내보냈다.

한주혁은 그러한 조롱에 그다지 신경 쓰지 않았으나 천세송은 조금 화가 난 것 같았다.

'저것들을 그냥 콱!'

오빠까지 나서지 않아도, 자신 선에서 저 정도 규모의 성은 정리할 수 있을 것 같다. 자신은 대규모 집단전의 제왕. 앱솔루트 네크로맨서 아닌가.

'아주 그냥 콱 혼내줘야 돼.'

오빠가 참고 있으라고 말하지 않았다면 당장에 죽음의 꽃순이를 비롯한 언데드들을 불러내서 성을 쳤을 거다.

한주혁이 짐짓 힘들어 보이는 모양새로 말했다.

"일단 돌아가자."

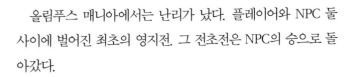

올림푸스 매니아에서는 난리가 났다. 플레이어와 NPC 둘 사이에 벌어진 최초의 영지전. 그 전초전은 NPC의 승으로 돌아갔다.

-도대체 걔네가 가진 게 뭔데 절대악이 그렇게 힘을 못 씀?

-절대악이 패배해서 돌아갔다는 게 사실임?

일단 절대악이 패배해서 돌아갔다는 것은 팩트다. 한주혁이 의도한 상황이든 아니든, 많은 사람들이 그 팩트에만 집중했다. 물론 또 많은 사람들은 상황을 비교적 정확하게 봤다.

-절대악은 마성격을 사용하지도 않았음.

-마성격만 썼어도 그런 작은 성쯤은 쉽게 무너뜨렸을 거임.

그렇다면 왜?

-마성격을 쓸 수 있는 조건을 만족하지 못해서가 아닐까?

-NPC 소유의 성과 영지전을 치를 때에는 마성격을 사용할 수 없는 거 아닌가?

어쨌든 절대악은 마성격을 사용하지 않았다. 과정이야 어찌 됐든 1차전에서 절대악이 패배했다. 절대악에게 패배라니. 이 것은 사람들에게 대단히 큰 충격을 선사했다.

3층성은 모니터를 바라보며 가슴을 탕탕 쳤다.

"에라이. 이 무식한 새끼들."

몇몇 똑똑한 놈들이 보이기는 했지만 다들 생각이 없는 것 같다.

"아니. 척 봐도 절대악이 그냥 봐주고 있는 게 안 보이나?"

그는 이번에는 자신의 생각을 어필하지 않았다. 그는 절대악의 생각을 전부 알고 있는 상황이다. 절대악이 그리고 있는 큰 그림을, 정확하게 알지는 못해도 대충은 안다.

이미 알고 있는 것을 말하는 것은, 인터넷 논객으로서 허락할 수 없는 일이다.

"저런 놈들이야말로 고통찔레꽃을 삼켜야 되는데."

3충성은 생각에 빠져들었다.

'페이스 조절을 하는 건 알겠어.'

그런데 도대체 굴타 왕국의 왕을 어떻게 참전시킬 생각인 건지 모르겠다. 영지전을 굳이 이렇게 끌고 가는 그 큰 그림을 3충성은 이해하지 못했다.

왜냐하면 3충성은 아직 절대악이 적대악과 동일인이라는 사실을 전혀 모르고 있었으니까.

같은 시각.

적대악 앤서가 듀퐁과 만났다. 앤서(한주혁)가 말했다.

"걱정이 많으시겠습니다. 친구분이 플레이어와 영지전이라니."

"그렇습니다. 전초전에서는 쉽게 기선을 제압했다는데…….

왜 이렇게 불안한지 모르겠습니다. 옷! 옷!"

너무 불안해서 계속해서 '옷! 옷!'이 튀어나온다. 이상하게도, 적대악을 만나고 있는 지금 이 순간에도 계속 무서웠다.

한주혁이 아쉬운 듯 말했다.

"아쉽지만…… 안정이 되면 찾아가야겠군요. 전쟁 중인 영지에 놀러 갈 수는 없는 노릇이니까요."

그러면서 은근히 듀퐁에게 정보를 전달했다.

"그런데 그거 아십니까?"

"무, 무엇을 말입니까? 옷!"

"절대악에게 블랙 스톤이 엄청나게 많다는 사실을 말입니다."

"그것은 헛소문이라고 생각하고 있었습니다. 옷!"

대부분의 NPC들은 그것을 헛소문이라고 생각했다. 있을 수 없는 일이었으니까.

"제가 직접 봤습니다. 창고의 한 상자 안에 수북이 쌓아놨더군요."

"……마, 말도 안 됩…… 죄송합니다. 오옷! 믿을 수가 없는 일이군요! 옷! 옷!"

한주혁은 다시 한번 확인할 수 있었다.

NPC들은 플레이어들의 말을 믿지 않는다. 절대악이 블랙 스톤 상자를 획득하여 500개에 달하는 블랙 스톤을 얻었다는 사실은 이미 유명한 사실이다. NPC들에게도 전달되었을 정도로. 그런데도 그것을 믿지 않은 모양이다.

'그만큼 제국에게도 블랙 스톤은 엄청난 보물이라는 뜻이

되겠고.'

그래서 직접 말해줬다.

"최소한 수백 개는 될 것 같았습니다. 그 증거로 제가 10개에 달하는 블랙 스톤을 가져오지 않았습니까?"

"그, 그, 그렇군요. 오옷!"

"제 생각에는 어쩌면…… 아서 대륙에는 블랙 스톤을 얻을 수 있는 어떤 단서가 있을지도 모르겠습니다."

"오, 오오옷! 오옷! 오오오옷!"

"말하자면 블랙 스톤이 퐁퐁 솟아나는 광산이라든가."

그 말에 듀퐁의 눈이 굉장히 커졌다.

'눈이 아주 돌아갔네.'

플레이어들에게 매일 사기를 당하던 NPC라더니. 너무 쉽다.

"만약 아서 대륙을 완전히 정복할 수만 있다면……. 그러한 비밀을 알 수 있을지도 모릅니다."

"화, 확실히 그렇군요! 오옷!"

"그런데 아서 대륙 역시 아서 플레이어의 소유입니다. 에르페스 제국으로부터 정당한 권리를 인정받았습니다."

다시 말해.

"이런 기회는. 다시는 오지 않을 수도 있습니다. 왕 대 왕으로 싸워 정당하게 대륙 전체를 빼앗을 수 있는 기회가."

"생각해 보니 그렇습니다! 오옷!"

여태까지 계속 불안했었는데. 이 불안함이.

'그런 보물덩이 대륙을 놓칠 수도 있다는 불안감이었다! 오오옷! 오오오옷!'

듀퐁은 결국 자기합리화에 성공(?)했다.

"완벽한 승리를 가져가야 합니다. 이참에 갈튼 백작님의 왕. 굴타 왕국의 왕이 직접 참전하는 것도 좋을 것 같습니다. 그래야 아서 대륙 전체를 먹을 수 있을 테니까요."

그렇게 되면 정말로 '왕 VS 왕'의 구도가 형성된다. 이기는 자가 지는 자의 영토를 빼앗을 수 있다. 왕으로서 상대의 영지를 빼앗으면, 그 영지의 왕이 될 수 있다. 백작과 한주혁의 영지전이 '하나의 영지'를 걸고 싸우는 것이라면, 왕과 한주혁의 영지전은 국가와 대륙을 걸고 싸우는 것이 되니까.

듀퐁이 두 눈을 계속해서 끔뻑거렸다.

'사실 절대악은 별로 안 셀 수도 있다! 옷! 옷!'

3급 마법병기에 그다지 힘도 쓰지 못하고 도망쳤다고 하지 않은가.

절대악을 상대하기 위한 플레이어. 시스템이 인정한 플레이어. 적대악마저도 이렇게 약속해줬다.

"저는 바깥세계의 일이 얽혀 있어 함부로 끼어들기 곤란합니다. 그러나 절대악과 관련한 정보는 최대한 얻어드릴 수 있습니다."

NPC VS 플레이어.

이것은 전 세계에서도 유례를 찾아볼 수 없는 기현상이었다. 플레이어와 NPC간 벌어지는 최초의 영지전. 그래서 세계의 수많은 사람들이 관심을 가졌다. 그런데 이제는 관심을 가지는 정도가 아니라, 관심을 쏟아붓는 정도가 됐다.

이제는 단순히 NPC VS 플레이어가 아닌, 왕 VS 왕의 영지전 구도가 형성되었기 때문이다.

-굴타 왕국의 왕이 참전한다고 밝혔음.
-절대악이 그것을 받아들였음?

절대악은 분명 왕이 아니라 백작을 상대하는 것도 버거워했는데. 적어도 겉으로 봤을 때에는 그랬는데.

-받아들였다고 함.

3층성의 팔뚝에 소름이 돋았다.
"어떻게……?"
이것은 마치.
'절대악이 의도한 대로 그냥 상황이 이끌려가는 것 같다.'
절대악이 상황을 만들고 있는 것 같다. 굴타 왕국의 왕까지 참전하게 되면서 영지전의 규모가 훨씬 커졌다. 정말로 대륙과 왕국을 건, 영지전이 시작된 것이다.

갈튼 백작은 자신 있었다. 마법 통신구를 사용하여 연락을
취했다.

-놈은 3급 마법병기조차도 제대로 대응하지 못합니다. 폐하.

지난 3일간 그래왔다. 꼴에 자존심이 있어 매일 같이 찾아
오고는 있으나 별다른 소득 없이, 바닥을 구르기만 하다가 돌
아갔다. 아주 볼썽사납게 말이다.

-이번에 폐하께서 무려 2급 마법병기를 지원해 주시니. 오늘
놈이 찾아오면 기습으로 단숨에 목을 따버리겠습니다. 폐하.

2급 마법병기. 대인전에 특화되어 있는, '킬러'라는 이름을
가진 마법병기다. 갈튼은 한주혁이 오기를 기다렸다. 그놈 역
시 그래봤자 플레이어였다. NPC들이 마음만 먹으면 짓밟을
수 있는 놈들. 절대악이라고 해봤자 어차피 똑같았다.

'어서 오너라. 절대악.'

갈튼은 조금 흐뭇해졌다.

'평소와는 다를 거다.'

3급 마법병기가 아닌 2급 마법병기. 킬러가 은밀하게 놈을
죽여 버릴 거다.

보고가 올라왔다.

"그 등신이 또 찾아왔습니다. 킬러를 사용할까요?"

"바로 사용해."

평소처럼. 3급 마법병기를 생각하고 다가오다가 2급 마법병기에 언어맞게 될 것이다. 영지전은 생각보다 훨씬 싱거웠다.

적대악으로부터 정보를 받았다. 놈의 대륙은 황금알을 낳는 거위였다. 반드시 얻어야 했다.

'보물을 낳는…… 네놈의 대륙은 내 것이다!'

2급 마법병기 '킬러'가 눈에 보이지 않는 독침을 발사했다.

"웅?"

그런데 이상한 일이 벌어졌다. 절대악이 멀쩡해 보였다. 이상한 일은 거기서 끝이 아니었다.

갈튼은 왕으로부터 이런 말을 들었었다.

-델리트는 안 되네.

혹시라도, '보물을 낳는 대륙'인 아서 대륙에서 블랙 스톤을 채취하는 방법을 비밀로 하고 있을지도 모른다.

-그러니까 델리트가 아닌 완벽한 굴복을 받아내야 하네.

그래서 2급 마법병기 킬러의 설정값을 '델리트'가 아닌 '정신 지배'에 맞췄다. 2급 마법병기이니만큼, 그 효과는 확실할 것이었다. 적어도 그 순간까지. 그 계획을 수립하는 그 순간까지 효과는 확실하다고 생각했었다.

'왜……!'

절대악에게서 아무런 반응도 없단 말인가.

"빗나간 건가?"

"아, 아닙니다."

2급 마법병기는 완벽하게 적중했다고 표시되었다. 무려 3기의 '킬러'가 모두 100퍼센트 명중했다고 표시하고 있었다.

'그런데 왜?'

어떻게 이럴 수 있단 말인가.

"마법병기를 속이는 마법 방해장을 펼치고 있을 가능성은?"

"……저 플레이어의 레벨을 고려했을 때 불가능합니다."

"레벨이 아주 높다면?"

"그렇다면 불가능할 것도 없지만…… 저놈의 근처에서는 그 어떠한 마나 반응도 포착되지 않았습니다."

"그럼 어째서!"

이상했다.

"어째서 계속 이쪽을 향해 걸어오는 것이냐!"

아무런 영향도 안 받고 계속해서 걸어오고 있었다. 온몸이 마비되어 쓰러진 뒤 정신지배를 받아야 하는 것이 정상인데. 이게 어떻게 된 일이란 말인가.

한주혁이 말했다.

"아. 놀랐어?"

한주혁 역시 확성 마법이 담긴 스크롤을 사용했다. 한주혁의 말은 그렇게 크지 않았지만 파라스 영지민 전체에게 똑똑히 들렸다.

"독침 타입인 거 같네. 수량은 세 개."

파라스 영지의 주인. 갈튼 백작은 아무런 말도 하지 못했다.

불과 하루 전만 하더라도, '절대악 멍청이, 절대악 얼간이'를 불러대던 수많은 NPC들이 입을 다물었다. 지금 무슨 일이 벌어진 건지 모르겠다.

"특수능력은 정신지배냐?"

한주혁이 피식 웃었다.

"머리를 좀 쓴 거 같네."

시르티안과 한주혁은 이미 이 상황을 예측했다. 델리트가 아닌 정신지배 쪽으로 방향을 우회할 것이라고 말이다. 아서 대륙을 '황금알을 낳는 대륙' 정도로 생각하고 있으니 당연했다.

한주혁이 말을 이었다.

"누구나 그럴듯한 계획을 가지고 있지."

"……"

"처맞기 전까지는."

한주혁이 마성격을 꺼내 들었다. 그가 노렸던 목표 중 하나인 굴타 왕국의 국왕까지도 참전하겠다는 의사를 내비쳤다.

왕국 전체와 대륙 전체를 건 싸움. 그렇다고 처음부터 너무 압도적인 전력 차를 보여줄 필요는 없었다. 굴타 왕국의 국왕이 꼬랑지를 내리고 항복하며 선처를 구할 수도 있다. 그러면 아무래도 제국은 굴타 왕국의 편을 들 수밖에 없다. 너무 빠르게 항복하지 못하게 만들어야 했다.

-스킬. 백참격을 사용합니다.

백참격은 히든 클래스 중 히든 클래스인 절대악의 전용 스킬이다. 그 능력만으로도 충분히 강하다. 그런데 거기에 각종 버프효과가 덧붙었다.

반달 모양으로 이루어진 마나가 성을 향해 날아들었다. 백참격은 정확하게 백작의 목을 노렸다.

"허, 허어어억!"

백작은 황급히 허리를 숙였다. 숙인다고 숙였는데 백참격을 피하지 못했다. 백참격의 속도가 너무 빨랐다.

'이 정도 거리에서도 못 피했는데……'

지근거리에서 사용하며 절대 못 피한다. 갈튼 백작이 황급히 외쳤다.

"쪼, 쫄지 마랏!"

맞아도 괜찮다. 지금은 성벽이 든든하게 보호해 주고 있다. 성벽 시스템에 의하여, 성벽의 내구도가 0이 되기 전까지는 성벽이 지켜주는 영지민은 다치지 않는다.

한주혁이 어깨를 으쓱했다.

"너만 쫀 것 같다."

"허세도 정도껏 부려야지!"

갈튼은 다시 3급 마법병기 '파이안'이 불을 뿜었다. 불기둥 16다발이 한주혁을 노리고 쏘아졌다. 여태까지 한주혁을 농락했던, 그 마법병기다.

갈튼은 이렇게 생각했다.

'놈의 클래스 상성 때문에 킬러가 제대로 먹히지 않은 것이 틀림없어.'

그는 이렇게밖에 생각할 수 없었다. 분명 킬러가 급이 더 높은 마법병기는 맞지만, 저놈에게는 킬러보다 파이안이 더 효과적인 파괴력을 발휘한다고 생각했다.

한주혁이 계속해서 성벽을 향해 걸었다.

"원래 사람은 눈에 보이는 것만 믿고 싶거든."

그래서 보여줬다. 그냥 걸었다. 회피를 하지도 않았고 막지도 않았다. 말 그대로 그냥 걷기만 했다.

화아아악-!

파이안이 쏘아낸 16다발의 불기둥이 한주혁의 몸을 뒤덮었다. 그것은 이내 소용돌이치듯 한주혁의 몸을 감싼 뒤 활활 타오르기 시작했다.

갈튼이 크게 웃었다.

"크하하하핫! 꼴 좋구나!"

여태까지 쥐새끼처럼 잘도 도망 다녔겠다. 이제는 끝이다, 네놈도.

"3급 마법병기의 무서움을 이제야 제대로 맛보겠구나!"

한주혁의 몸이 완전히 불에 휩싸였다. 시뻘건 불길에 잡아먹힌 것처럼 보였다. 안에는 검은색 그림자만 보였다. 그런데 그 그림자가 너무나 태평하게 계속 걸었다.

목소리가 또 들려왔다.

"앞으로 마나를 충전하는 데 시간이 좀 걸릴 거야. 그렇지?"

그와 동시에, 하늘에서 무언가가 날았다.

키에에에엑!

하늘의 제왕 카리아. 다른 말로 꼬꼬. 절대악의 펫이 하늘을 날았다.

"일어나라. 죽음의 꽃순이여."

천세송이 꽃순이. 이프리트를 소환했다. 한때 미국을 공포로 몰아넣었던 몬스터가 천세송의 손을 빌려 다시 태어났다. 그때보다 더욱 강력한 힘을 가지고.

거기서 끝이 아니었다.

"일어나라. 죽음의 군대여."

기르카투 동굴에서 획득한, 수십만 마리의 개미와 지네들이 성벽을 향해 달려들었다. 마치 벌레로 이루어진 폭풍이 불어닥치는 것 같았다.

갈튼 백작의 표정이 하얗게 변했다.

'이 때를 노렸구나……!'

저쪽은 방심을 일부러 유도했던 것 같다. 방심을 유도해서 마법병기의 힘을 소진시킨 뒤. 네크로맨서의 힘을 이용하여 성벽을 부술 생각이었다.

"성벽은 저 정도 따위로 무너지지 않는다! 모두 각자의 자리에서 화공을 사용하여 공격한다!"

언데드들은 기본적으로 성 속성 공격과 화 속성 공격에 약한 모습을 보인다. 천세송이 활짝 웃었다.

'그래 주면 고맙고.'

당황한 나머지 제대로 보고 있지 못한 것 같다. 꽃순이가 크게 웃었다.

"이 등신들아! 크하하핫! 나한테 불 공격이라니. 제정신이냐!"

NPC들이 만들어낸 불 공격은 불 속성의 몬스터였던 이프리트에게 전혀 피해를 주지 못했다.

"불 맛이 아주 좋구나! 언니! 제가 아주 쓸어버릴게요!"

마법병기가 힘을 쓰지 못하는 사이, 절대악과 앱솔루트 네크로맨서는 기습을 감행했다. 성벽은 일정 이상의 데미지를 여러 곳에서 동시타격을 해야만 내구도가 깎인다.

수십만의 벌레 군사와 절대악. 그리고 저 성가신 언데드(꽃순이)의 공격은 성벽의 내구도를 순식간에 절반 이하까지 떨어뜨렸다.

갈튼은 이미 틀렸음을 직감했다.

"제기랄."

그래서 이렇게 명령을 내렸다.

"곧 마법병기가 사용된다. 모두 안심하고 방어에 전념하라!"

"배, 백작님……!"

"우린 듀퐁의 성으로 이동한다. 워프 포탈 준비해."

"마법병기를 충전하려면 아직 시간이……."

"마법병기 잘 챙겨. 비싼 거니까."

애초에 마법병기를 충전할 생각을 버렸다.

"하, 하지만 백작님. 주민들이 대피하지 않았……."

"그게 내가 알 바야? 주민들은 안 건드리겠지."

성벽을 지키는 NPC들에게는 곧 마법병기가 사용된다고 거짓말하고서, 마법병기를 챙겨서 도망치기로 했다.

한주혁은 그러한 낌새를 눈치챘다.

'살려는 드릴게.'

애초에 성을 박살 내려면 진작 했다. 놈을 무릎 꿇리려면 진작 그렇게 할 수 있었다. 하지만 하지 않았다. 능력이 딱 여기까지인 것처럼 보이기 위해서.

100명의 NPC를 통솔하는 백인장 NPC가 큰 소리로 물었다.

"백작님! 마법병기는 언제 사용이 가능합……."

전투에 전념하던 백인장은 할 말을 잃었다.

'백작님이 없다.'

도망친 것 같다. 혼란을 틈타서 지휘부들이 완전히 사라졌다.

마법병기도 보이지 않았다. 워프 포탈을 타고서 다른 곳으로 도망친 모양이었다.

영지전이 왕 VS 왕으로 확전된 지금, 영지 하나를 빼앗긴다고 해서 바로 패배로 직결되지는 않으니까. 그래서 이곳 파라스를 일단 포기한 것 같았다.

그사이 한주혁이 성벽을 완전히 무너뜨렸다. NPC들은 죽음을 직감했다. 성벽을 등지고 싸워도 어쩌지 못한 괴물이다. 이제 성벽이 없다.

그것뿐만 아니라.

"백작님이 사라지시다니⋯⋯."

"백작이 도망쳤다."

"마법병기도 사라졌어."

지휘관이 도망친 군대에게서 사기를 기대할 수는 없었다. 그때. 한주혁이 말했다.

"항복하는 자는 모두 살려준다."

NPC들의 입장에서는 대단히 파격적인 조건이었다. 백인장이 물었다.

"저, 정말입니까?"

아내 될 여자를 모욕한 곳의 영지. 그곳의 군사들이다. 살려준다니. NPC들의 생각으로는 엄청난 특혜였다.

"아서 대륙 통치자의 이름을 걸고서 약속한다. 너희들은 죄가 없으니."

이미 주인이 사라진 곳이다. 군사들은 하나둘 무기를 버리기 시작했다.

키에에에엑!

꼬꼬가 또다시 하늘을 날았다. 자신 역시 나름 활약을 한 것 같다.

성벽 저 까짓것. 별거 아닌 거 같다. 상으로 레드 스톤 같은 거라도 얻으면 참 좋겠다.

성벽을 잃은 군사들은 그 거대한 독수리 형상의 몬스터를 보면서 찔끔 놀랐다.

'저것이…… 절대악의 상징.'

절대악의 상징답게 굉장히 위풍당당했다. 그리고 그들은 절대악을 쳐다봤다. 자신들의 주군이었던 갈튼 백작과는 분위기 자체가 달랐다.

'저 사람이 절대악.'

일반 NPC들은 외부세계를 잘 모른다. 더더군다나 플레이어와 접점이 거의 없는 파라스 영지의 NPC들은 플레이어들을 풍문으로만 접했을 뿐이다. 절대악이 굉장히 사악하다는 소문을 들었다. 물론 제국 측에서 일부러 만들어낸 소문이다.

'그렇게 사악해 보이지 않는데.'

오히려 갈튼 백작보다 훨씬 더 군주에 어울렸다.

'심지어 우리들 전원을 살려줬어.'

나름 치열한 전투가 벌어졌는데 사망자는 단 한 명도 발생하지 않았다. 언데드들 수백 이상이 흙으로 돌아가기는 했지만 일단 언데드들은 생명체가 아니니까.

'진짜로 우리들을 살려줄 줄이야.'

이건 말 그대로 특혜였고 기적이었다. 백작이 자신들을 버리고 성벽이 함락되었을 때. 자신들 전부가 죽는 줄 알았었다.

백작이 도망쳤던 순간에 백작을 찾았던 백인장은 이렇게 생각했다.

'차라리 저분이 군주에 훨씬 어울리는 분이시다.'

백인장만 그런 것이 아니었다. 목숨을 구함받은 NPC들이 대부분이 그렇게 느꼈다.

한주혁이 이렇게 말했다.

"너희들 전원은 영지를 위해 열심히 싸웠다. 포기하지 않았다. 나는 그 점을 높이 산다."

"……."

"너희들은 이제 각자의 자리로 돌아가 너희들의 일상을 되찾아라. 이제 너희 역시 나의 영지민이 되었으니 나의 보살핌 아래 있을 것이다."

소문과는 너무 달랐다. 실제로 본 절대악은 영웅에 가까웠다. 꼬꼬의 위엄과 현재의 상황이 겹쳐져서, NPC들은 절대악에 대한 막연한 경외심까지 느꼈다.

그때 한주혁에게 알림이 들려왔다.

-대규모 영지전 중 단 한 명의 사상자도 발생하지 않았습니다.
-대단한 업적입니다.
-영지전의 규모를 측정합니다.
-왕 VS 왕의 규모를 확인합니다.

한주혁은 순간 직감할 수 있었다.

'내가 그리는 그림이.'

자신이 그리고 있는 이 그림이.

'제우스가 그리는 그림과 같구나.'

지금 절대악인 자신이 진행하고 있는 이 모든 일들은 결코 단발 이벤트성 퀘스트 혹은 에피소드라고 볼 수 없었다. 제우스와 같은 그림을 그리고 있음을 확신했다.

-히든 피스를 만족하였습니다.

-히든 피스 만족에 따른 히든 퀘스트 활성화에는 몇 가지 조건이 필요합니다.

조건들이 필요했다. 그 조건들은.

-절대악 클래스가 필요합니다.

-대군주의 칭호가 필요합니다.

-카리스마 수치를 확인합니다.

한주혁은 별다른 문제가 없을 줄 알았다.

-카리스마 수치가 부족합니다.

순간 당황했다.

'어?'

카리스마 수치가 부족하단다. 카리스마 역시 일종의 스탯이
다. 비활성 스탯이었고 플레이 초기 '-'였던 것이 카리스마로 개
화했었다. 스탯이 부족하다는 알림은 플레이하면서 거의 처음
듣는 것 같다.

-카리스마 수치가 부족하여 히든 퀘스트를 활성화시킬 수 없
습니다.

머릿속에 자동으로 정보가 입력됐다.

'30초?'

30초 안에 조건을 제대로 만족하지 못하면 히든 퀘스트가
활성화되지 않는단다.

'어떡하지?'

이거. 느낌이 놓치면 안 될 것 같은 퀘스트다. 제우스와 자
신이 함께 그리는 큰 그림. 그 시작점이 될 것 같은 느낌.

'방법을 찾는다……!'

주어진 시간은 30초. 그 안에 방법을 찾기로 했다.

10장
에르페스 메인 히든 퀘스트

주어진 시간은 30초. 그렇게 길지 않은 시간이다.

'생각을 해보자.'

여태까지 제우스가 준 퀘스트들은, 잘만 생각해 보면 분명히 풀 수 있는 실마리가 어딘가에 있었다.

'지금 당장 카리스마 수치를 올릴 수 있는 방법은……'

보통 카리스마 수치를 올리려면 수많은 NPC들 앞에서 카리스마 있는 모습을 보이면 된다. NPC들이 그 모습에 감탄할 때. 카리스마가 오른다. 여태까지는 그런 양상을 보여왔다.

'그 방법으로는 힘들고.'

지금 당장 뭔가를 할 수 있을 것 같지는 않다. 겨우 30초 내에 그건 힘들어 보였다.

-남은 시간: 25초

벌써 5초가 지났다. 5초는 길지 않은 시간이다.

'그렇다면……'

NPC들의 감탄을 통한 카리스마 수치의 증가가 아니라면.

'그러면……'

불가능한 퀘스트를, 그것도 대퀘스트와 연관된 히든 퀘스트를 지금 줄 리는 없다. 분명히 방법이 있다.

-남은 시간: 15초

그사이 벌써 10초가 지났다. 절반의 시간이 순식간에 사라졌다. 남은 시간은 이제 겨우 15초.

남은 방법은.

'직접 상승.'

NPC들의 마음이 동하여, 그 상황으로 인하여 스탯이 오르는 게 간접 상승이라면 직접 보너스 스탯을 투자하여 올리는 것은 직접 상승이다.

'문제는 비활성란이 활성화된 경우는……'

그 경우에는 직접 투자가 불가능하다. 행운 스탯. 그리고 카리스마 스탯은 인위적으로 올리는 것이 원래는 불가능하다. 현재 카리스마 스탯은 210.

-남은 시간: 10초

남은 시간은 이제 10초. 그 대단하다는 절대악도 이쯤 되자 마음이 조금 급해졌다.

'직접 투자를 하기 위해서는 시스템 설정값을 바꾸면 된다.'

시스템 설정값. 한주혁은 바꿀 수 있다.

'이제 두 번 남았는데.'

아깝다면 아까운 아이템. 그러나 이 퀘스트를 놓치고 싶지 않았다. 4대 스탯도 아니고, 카리스마 수치에 투자하기에는 아까운 감이 있지만 그래도 이번에는 투자하기로 했다.

-'케르핀의 낙서장'을 사용하시겠습니까?

시스템 설정값을 바꿀 수 있는 아이템. 여태까지는 실패한 적이 없다.

-남은 시간: 7초
-남은 시간: 6초
-남은 시간: 5초

더 이상 망설일 시간은 없었다. 아이템은 쓰라고 있는 거다.

'카리스마 스탯에 보너스 스탯을 투자한다……!'

여기에 또 한 가지 신경 쓸 게 있었다. '보너스 스탯으로 원래는 올릴 수 없는 스탯을, 케르핀의 낙서장을 사용하여 올릴 수 있도록' 바꾸는 건 케르핀의 낙서장이 가진 효과이기는 했는데.

'횟수는 단 한 번.'

횟수가 제한되어 있었다. 케르핀의 낙서장을 한 번 사용하면, 한 번만 스탯을 올릴 수 있다. 그 한 번에 여러 개의 스탯을 투자하는 건 가능했지만, 여러 번으로 나눠서 투자하는 건 불가능한 상황.

-남은 시간: 3초

한주혁은 보너스 스탯을 확인했다.

잔여 스탯: 204.

이 히든 퀘스트를 활성화시키기 위해서 얼만큼의 카리스마 수치가 필요한지는 모른다.

'카리스마는 시스템이 필요로 하는 스탯이야.'

여태까지 그렇게 큰 효과는 보지 못했다. 물론 NPC들로부터의 충성도 얻을 수 있었고 나름대로 존재의의가 있던 스탯이기는 했으나, 4대 스탯처럼 직접적인 무언가를 보여주는 스탯은 아니었으니까.

'언젠가는 분명히 필요한 스탯.'

아끼지 않기로 했다.

-남은 시간: 2초

-남은 시간: 1초

그래서 가지고 있던 보너스 스탯을 전부 투자하기로 했다. 204개 전부.

'내 카리스마 수치는 결코 낮지 않아.'

다른 스탯과 비교해 봐도, 전혀 낮지 않은 수치다. 아니. 오히려 높은 수치를 자랑한다. 그런데 이 수치가 부족하단다.

조건 자체가 매우 까다로운 편. 지금 턱밑까지 다가온 히든 퀘스트가 결코 만만한 퀘스트가 아니라는 것을 의미하기도 했다.

-잔여 보너스 스탯은 204개입니다.

-잔여 보너스 스탯을 전부 카리스마에 투자합니다.

비활성 스탯을 처음 올려봤다. 4대 스탯이 아닌 다른 스탯에 스탯을 투자하는 경우는, 적어도 한주혁이 알기로는 없었다. 애초에 케르핀의 낙서장 같은 밸런스 붕괴급의 아이템은 한주혁 외에 가진 사람이 없었으니까.

'비활성 스탯은 투자하면 투자하는 대로 올라가네.'

4대 스탯과는 달랐다. 수십 개를 투자해야 1 올라가는 4대 스탯과는 달리, 카리스마 스탯은 보너스 스탯 1당 스탯 1이 상승했다.

-카리스마 스탯이 414로 상승합니다.

그와 동시에 알림이 이어졌다.

-카리스마 스탯 400 초과를 확인합니다.
-진정한 자격을 획득합니다.
-대단합니다!
-메인 시나리오의 커다란 한 조각을 만족하였습니다!
-모든 조건 확인이 완료되었습니다!
-메인 히든 퀘스트가 활성화됩니다!

카리스마 스탯이 400을 초과하면서 '진정한 자격'을 획득했단다. 아직까지는 그것이 무엇인지 정확하게 알 수는 없었으나 확실한 것은 메인 시나리오 흐름에 더욱 깊숙이 들어왔다는 것이었다.

-에르페스 메인 히든 퀘스트. '보복 전쟁의 서막'이 시작되었습니다.

한주혁은 갈튼의 소유였던 파라스 영지를 손에 넣었다. 피를 단 한 방울도 흘리지 않았다는 점에 있어서 이것은 완벽한 승리라고 할 수 있었다.

왕 VS 왕. 세계 최초의 NPC VS 플레이어의 격돌.

이것은 세상을 뜨겁게 달궜다. 특히나 중국인들에게 크나큰 반향을 일으켰다.

-절대악은 할 수 있는데 왜 우리는 못 하나!

-우리도 절대악처럼 할 수 있다!

여전히 중국의 제1연합으로 위상을 떨치고 있는 흑흑 연합의 로랑은 절대악의 행보에 주목했다.

'역시 절대악.'

한국 기반 대륙을 다스리는 에르페스 제국. 그리고 중국 기반 대륙을 다스리는 모르골 제국. 둘 사이에 묘한 공통점이 생성되고 있는 중이다.

먼저 행동을 취한 쪽은 모르골 제국.

둘 다 '대공'이라는 NPC가 권력을 장악하였고 황제를 주무르고 있는 상황. 그리고 그 '대공'은 플레이어들에게 그다지 우호적이지 않다고 세상에 알려져 있다.

그나마 에르페스 제국은 아직까지 플레이어들을 방관하는 축에 속하기는 했지만 모르골 제국은 좀 더 적극적으로 움직이고 있다.

플레이어들에게 세금을 걷기 시작했으며, 고위 NPC들의 경우 상위급 플레이어들과 결탁하여 플레이어들을 노예화하는 경우도 상당히 많았다. 좋은 사냥터를 독점하여 플레이어들에게 이용료를 걷는 경우도 생기고 있는 중이다.

'우리도 절대악 같은 영웅이 필요하다.'

절대악이 안 된다면.

'최소한 절대악과 비슷한 능력을 가진 영웅이 필요해.'

그것도 안 된다면.

'절대악이 도와줄 수 있다면……'

그러면 모르골 제국과도 어떻게든 한번 해볼 수 있을 것 같다. 모르골 제국의, 플레이어를 향한 억압은 점점 심해지고 있고 앞으로도 더욱 심해질 것이라 예상된다. 중국 플레이어들의 불만은 점점 더 커지고 있는 상황이다.

그러나 중국 플레이어들에게는 힘이 별로 없다. 문 타이거만으로도 초토화되지 않았던가.

'에르페스와 모르골.'

에르페스 제국과 모르골 제국이 특이한 것인가. 아니면, 에르페스와 모르골을 시작으로 전 세계가 이렇게 변할 것인가.

'두고 봐야 해.'

일단은 절대악의 행보를 유심히 살펴보기로 했다. 절대악이 어떻게 되느냐에 따라, 또 그의 시나리오가 어떻게 흘러가느냐에 따라 중국의. 아니, 세계의 미래가 달라질 것 같았으니까.

'만약 절대악이 패배하면……'

그렇게 되면 인류의 미래는 어두울 것 같다는 생각을 했다.

모르골 제국을 시작으로 모든 제국들이 모르골 제국과 같은 스탠스를 취하게 되면 플레이어들은 올림푸스 내에서 힘을 쓰지 못할 것이고, 그렇게 되면 올림푸스 문명을 바탕으로 한 현대 문명은 더 이상 발전할 수 없을 테니까.

그는 손에 들린 지도를 살펴봤다.

'만약…… 그에게 키가 주어진 것이 확실하다면.'

어쩌면 인류 전체의 운명을 판가름할 수도 있는 짐을 짊어지고 있는 것이 맞다면.

'이걸 전해주는 게 맞겠지.'

아직은 아니었다. 조금 기다려 보기로 했다.

한주혁의 대저택. 오늘은 천세송이 한주혁의 방을 찾았다.

"오빠. 퀘스트가 엄청난 거 같은데. 맞아?"

"응. 좀?"

여태까지의 퀘스트와는 느낌이 다른 퀘스트다. 규모가 달랐다. 한주혁과 천세송은 침대에 나란히 앉았다. 한주혁은 천세송의 배에 손을 올리고서 없는 뱃살을 몇 번이나 꼬집었다.

"뱃살이 물컹물컹하네."

물론 전혀 물컹물컹하지 않다. 천세송은 운동을 즐기는 편이고, 뱃살을 찾아볼 수 없다. 그렇게 울퉁불퉁하다거나 진하지는 않지만 11자 복근도 갖고 있다. 진짜 살이 있어서 만지는 것이 아니라 그냥 귀여워서 만지는 중이다.

그럼에도 불구하고 천세송의 얼굴이 빨갛게 달아올랐다.

"오빠!"

"재미있다."

여자 친구 괴롭히는 게 참 재미있다. 붉어진 얼굴도 너무나 귀여웠고.

"치."

이렇게 삐져도.

"퀘스트의 이름이 무려 보복 전쟁이야. 일반 퀘스트도 아니고 메인 히든 퀘스트고."

라는 간단한 설명에 금세 눈을 초롱초롱 빛내며 다시 물어왔다.

"그럼 이제 우리 에르페스 제국이랑 진짜 전쟁하는 거예요?"

"응. 그럴 것 같아."

'보복 전쟁'이라 이름 붙은 대퀘스트를 진행하게 됐다.

크게 보면 에르페스 제국의 영토인 파라스를 얻었고, 그 파라스를 얻을 때에 단 한 명의 희생자도 발생하지 않았고, 절대악의 칭호와 대군주의 칭호, 카리스마 스탯까지 만족시켜서야 겨우 활성화된 히든 메인 퀘스트.

"일단은 일시적 평화 상태로 설정되어 있어."

지금은 그렇다. 그러나 퀘스트의 끝은 결국 에르페스 제국과의 전쟁.

'황제를 참수하거나.'

그도 아니면 에르페스 제국의 인장이 찍힌 항복문서를 받아 내거나.

'그래야만 이 퀘스트가 끝나.'

둘 중에 하나의 조건을 만족하며 이 대퀘스트가 마무리된다. 이것이 '절대악'이라는 클래스가 가지는 시나리오의 종착역이 아닐까 싶다.

"진짜 어렵겠다. 사실 제국 NPC들의 진짜 힘은 구경도 못해봤잖아."

"그렇지."

그러니까.

"그러니까 더 강해져야 돼. 제국은 이미 200년도 더 전에 초인의 영역에 대해 알고 있었고 그것을 연구했어."

무려 200년 전 대마법사인 루블랑도 그것을 알고 있었고, 200년 전에 이미 '도약의 비약' 등을 만드는 기술까지 개발되어 있었다. 지금은 더더욱 강력해졌을 터.

"나는 오빠가 세상에서 제일 제일 센 줄 알았는데."

"나도 그런 줄 알았지."

그런데 데미안이 있고 제국이 있다. 한주혁이 씨익 웃었다.

'재미있네.'

하나의 벽을 뚫고 올라가면 또 다른 벽이 있고, 그 벽을 뚫고 올라가면 또 다른 벽이 있다. 올라갈 때마다 새로운 세상이 하나씩 열리고 있다.

'제국과의 결전.'

지금은 무리라 할지라도. 분명히 해볼 만한 것 같다. 예전처럼 아예 아무것도 안 보이지는 않았다. 이제 조금씩. 실마리가 잡혀가고 있고, 밑그림이 옅게나마 그려져 가는 기분이다.

한주혁은 올림푸스에 접속했다. 시르티안이 직접 파라스 영지까지 이동했다. 이 곳은 이제부터 작게는 '영지전', 크게는 '보복전쟁'의 전략적 요충지가 될 예정이니까.

"갈튼 백작이 미련 없이 이곳을 버리고 도망친 것에는 나름대로 이유가 있습니다."

"나도 알아."

시르티안이 고개를 끄덕였다. 주군께서 알고 계실 거라고 이미 생각하고 있었다.

이곳 파라스 영지는 지리적으로 네 영지에 둘러싸여 있다. 주변의 영지 네 군데가 전부 굴타 왕국의 영지라는 것은 두말할 필요도 없다.

한주혁이 씨익 웃었다.

'오히려 우리를 함정에 밀어 넣었다고 생각하겠지.'

양방향도 아니고 네 방향에서 이쪽을 잡아먹기 위하여 움직일 거다. 괜찮다. 이미 그러한 경우의 수를 생각하고 있던 중이다.

"굴타 왕국이 온 힘을 다하여 이쪽을 공격할 것이 틀림없습니다."

그런데 그때. 1번 성좌인 루펜달로부터 연락이 왔다.

-형님. 따끈따끈하고 화끈화끈한 소식입니다!

루펜달이 말하는 화끈화끈하고 따끈따끈한 소식. 그 소식은 나름대로 재미가 있는 소식이었다.

-굴타 왕국의 왕 놈이 퀘스트를 내렸습니다. 저를 비롯한 성좌들에게 말입니다!

-성좌들에게?

성좌들에게 퀘스트를 줬단다.

-아무래도 절대악을 상대하는 것이 7명의 성좌라는 소문을 들었나 봅니다.

-그래서?

-그래서 그 퀘스트를 7명의 성좌 전원에게 내렸습니다.

한주혁은 조금 황당했다.

'루펜달과 세아는 내 측근 중에서도 측근인데.'

이건 비밀이라고 보기도 어렵다. 한국 플레이어라면 대부분 아는 사실이다.

-네가 내 측근이라는 사실을 몰라?

-헐렐루야, 형멘! 형은이 망극합니다! 형님! 제가 측근입니다! 그렇습니다! 제가 펫 1호! 영원한 형님의 펫 1호입니다! 형멘!

한주혁은 인상을 살짝 찡그렸다. 저놈의 헐렐루야 형멘 타령. 아무리 하지 말라 해도, 이것만큼은 포기할 수 없다는 것이 루펜달의 확고한 철학이라 그냥 내버려 두고 있는 중이다.

-그놈들. 처음에는 몰랐습니다. 절대악과 상대하는 것이 7명의 성좌라는 사실만 어떻게 접했나 봅니다.

-그래서?

-그 이후에 성좌들로부터 정보를 전해 들은 모양입니다.

루펜달과 한세아가 절대악의 측근이라는 사실을 이후에 알았단다.

그리고 나서.

-그럼에도 불구하고 저와 루나 누님께 퀘스트를 줬습니다.

-어째서?

둘 중에 하나다. 심리적으로 교란시키려는 교란작전을 쓰든가, 그것도 아니면 루펜달이 배신을 고려할 만한 상황을 만들어주든가.

-아서 대륙을 얻게 될 경우, 레드 스톤 100개를 준답니다.

-레드 스톤 100개?

한화가치로 치자면 500억이다. 사실 그거면 평생 떵떵거리면서 놀고먹을 수 있다. 퀘스트 한 번에 레드 스톤 100개를 주는 경우가 언제 있었던가.

-그래서. 퀘스트 받아들였냐?

-루나 누님은 바로 포기하셨습니다. 포기에 따른 불이익은 없었습니다, 형님.

그런데 루펜달은 퀘스트를 받아들였단다.

-형님. 저는 퀘스트 시행하겠습니다. 이 X밥 놈들이 감히 저를 뭘로 보고!

루펜달이 흥분했다.

-겨우 500억 따위로 형님에 대한 제 신앙심을 흔들려고 하다니. 아주 기가 차서 말도 안 나옵니다. 상황파악 안 되는 등신들이 틀림없습니다.

한주혁은 다른 의미로 기가 찼다. 500억이면 충분히 배신을 고려할 만하지 않은가. 일반적으로는 말이다.

-저한테는 그렇게 막중한 퀘스트를 주지는 않은 것 같습니다. 제가 퀘스트 받은 사실을 숨기면서 형님의 이동경로를 상세히 보고하고, 파라스 영지의 식수원에 어떤 알약을 첨부하라는 퀘스트였습니다.

한주혁의 머릿속에 상황이 그려졌다.

루펜달에게는 그렇게 어렵지 않은 퀘스트를 맡겼다. 사실 루펜달이 입만 싹 닫고 있으면 그러한 퀘스트를 받았는지도 몰랐을 거다. 그냥 포기했다고 하면 그만이니까. 그리고 몰래 저쪽과 연을 텄다고 해도, 한주혁이 알 수 있는 방도는 없다.

'의심을 사지 않는 위치에 있는 성좌인 루펜달을 활용하여.'

이 쪽의 식수에 어떤 짓을 하겠다는 의도였다.

'파라스 영지는 주변 네 개의 영지에 포위되어 있는 지형.'

아마 도망치지 못하도록 주변에 워프 방해장을 설치할 것이다. 워프로는 빠져나갈 수 없도록 말이다. 그리고 진을 펼쳐서 조금씩 조금씩 옥죄어 오는 전략을 택할 것이다. 시르티안과 한주혁은 그렇게 판단했다.

'그러는 사이. 식수에 장난질을 하겠다는 거네.'

그리고 확인할 게 또 있었다. 성좌가 이 퀘스트에 동참했다?

-퀘스트를 제안 받은 성좌의 숫자가 7명이 확실해?

-그렇습니다. 7명의 성좌라고. 굴타의 왕이 그렇게 지껄였습니다. 저는 뒤통수를 계획 중입니다. 형님.

한주혁에 의해 3번 사망하는 경우 해당 성좌는 직위를 박탈당한다. 한동안 '-'로 표시되었었는데.

'새로운 성좌가 등장한 건가?'

그것까지는 알 수 없었다. 어쨌든 성좌의 숫자는, 제국이 파악하기로는 7명이라는 얘기다.

-알약의 정체는?

-저도 모르겠습니다. 다만, 이 아이템이 성좌의 작품이라는

256 ___ 랭킹___ 17
플레이어

사실만 알고 있습니다. 형님.

한주혁이 씨익 웃었다. 이쪽을 포위한 상태로 천천히 말려 죽이는 전략이기는 한데.

'성좌가 연관되어 있다라.'

그렇다면 그 '알약'이라는 것은 '성 속성'의 무엇인가일 확률이 높았다. 절대악에게 매우 나쁜 영향을 끼치리라 짐작되는 무언가.

'그렇단 말이지.'

일단 굴타 왕국의 작전 중 하나는 쉽사리 알아냈다.

-형님. 또 새로운 정보가 들어오면 공유하겠습니다, 형님! 저는 레드 스톤이 아니라 블랙 스톤이라 해도, 형님에 대한 충성심과 사랑은 변치 않습니다, 형님! 이 루펜달! 형님을 위해 살고 형님을 위해 죽겠습니다! 혀어어어어엉멘.

한주혁은 어이가 없어서 웃고 말았다.

'저 무지막지한 충성심은 도대체 어디서 나오는 거야?'

가만 보면 신기할 정도다. 세아야 한 핏줄이니 그렇다 치고, 세송이야 사랑하는 연인이니 그렇다 치는데. 루펜달의 충성심은 기이할 정도였다.

어쨌든 한주혁은 다음 그림을 그리기 시작했다.

심사위원들은 쑥덕거렸다.

"저 여자가 이번에 한바탕 난리를 일으킨 그 절대악이라는 플레이어의 여자라지?"

"갈튼 백작이 환장해서 달려들 법하군."

"저런 여인은 내 평생 본 적이 없네."

앱솔루트 네크로맨서 마리안(천세송)이 절대악의 여자라는 사실이, 이번 사태를 통하여 NPC들에게 알려지면서 심사위원 NPC들이 조심하기 시작했다.

이주랑이 말했다.

"축하드립니다."

"뭘요. 이제 겨우 32강인걸요."

"에르페스 제국 전체를 통틀어서 32명의 미인 중 한 명으로 뽑히신 겁니다."

제국 전체에서 수만 명이 지원했던 미스 에르페스 대회다. 그중에서 32명 중 한 명으로 살아남았다.

미스 에르페스는 단 세 명만 뽑히게 된다. 그중에서도 가장 특혜를 받는 사람은 딱 한 명. 우승자뿐이다.

"사실 저도 여기까지 오게 될 줄은 몰랐어요."

이주랑은 속으로 이렇게 대답했다.

'마리안 씨만 모르는 거 같습니다.'

누가 봐도 1위감이다.

'아주 무난히 1위까지 가실 것 같습니다.'

이제는 '절대악 후광효과'까지 받고 있지 않은가.

절대악이라는 플레이어가 NPC들 사이에서도 굉장히 유명해지고 있다. 플레이어의 벽을 넘어서 NPC들의 세계에도 알려지기 시작한 거다. 이번 대규모 이벤트인 '왕 VS 왕'급의 영지전 덕택이다.

지구에서도 세계 최초였지만, 에르페스에서도 역사 최초였으니까.

"이동해야 하는 경우에는 제가 돕겠습니다."

그런데 그때 여자 NPC 한 명이 천세송에게 가까이 다가왔다.

"마리안 씨. 잠시 이야기를 나눌 수 있을까요?"

천세송이 그 NPC를 쳐다봤다.

'심사위원?'

심사위원 중 한 명이었다. 심사위원은 총 6명. 유일하게 여자인 NPC라서 더욱 기억에 남는다.

"무슨 일이죠?"

여자 NPC가 말을 시작했다.

갈튼 백작의 파라스 영지는 또 다른 네 개의 영지에 둘러싸여 있다. 평소에는 그러한 지리적 위치가 하나의 이점이 되었다.

파라스 영지 주변의 영지들로부터 많은 사람들이 모여들었기 때문이다.

타 도시로 교역을 가던 많은 상인들이 모이는 곳이고, 북쪽 혹은 동쪽으로 진출하기 위한 NPC들이 반드시 지나치는 곳이 기도 했다.

시르티안이 말했다.

"북쪽으로는 불칸이라는 영지가 존재합니다."

파라스 영지의 북쪽으로는, 굴타 왕국이 자랑하는 전사들 의 도시 불칸이 존재했다.

"성정이 매우 거칠며 호전적인 NPC들이 많습니다. 현재로서 는 가장 조심해야 할 영지이기도 합니다."

파라스 영지의 북쪽은 불칸. 남쪽은 넬칸. 서쪽은 웰칸. 동 쪽은 이칸이라 불리는.

"형제격의 영지로 이루어져 있으며 영주들은 전부 피가 이 어진 한 핏줄입니다."

"내가 그러한 것들을 알아야 할 이유는? 그만큼 왕국의 NPC들이 강력해서인가?"

"아닙니다."

차라리 그렇다면 스릴이라도 있을 텐데.

"너무 빠른 항복을 받아내면 곤란하기 때문입니다. 천천히. 줄 듯 안 줄 듯, 애간장을 태우며 굴타 왕국 전부를 손에 넣어 야 하기 때문입니다."

너무 초장에 몰아치지는 않기로 했다. 적당히 힘 조절을 해주기로 한 거다.

"위대한 성전을 위하여. 그 교두보를 마련하기 위함입니다."

한주혁이 고개를 끄덕였다. 이름하여 '보복전쟁'. 에르페스 메인 히든 퀘스트인 이 보복전쟁을, 시르티안은 '성전'이라 이해했다. 그것을 이행하기 위해 착실히 준비 중이다.

"이 네 개의 영지에는 각각을 대표하는 기사들이 존재합니다. 굴타 왕국에서는 이들을 일컬어 4대장이라고 표현합니다."

"4대장?"

에르페스 제국에서 대장이라는 말은 흔히 쓰는 말이 아니다. 그런데 굳이 대장으로 분류하고 있다는 건, 뭔가 특별한 구석이 있을 확률이 높았다.

"그 4대장이 바로 이 네 영지를 대표하는 인물이라 할 수 있으며, 그중에서도 아까 말씀드렸던 불칸의 청은이라 하는 인물이 나머지 3대장을 리드하고 있습니다."

한주혁은 시르티안의 설명을 잠자코 들었다. 조금 지루한 감이 있기는 했으나, 시르티안이 허튼소리를 하지는 않을 테니까.

"청은이라."

"호전적인 인물입니다."

시르티안이 설명을 이었다.

"그의 성향상 굴타 왕국의 왕이 성좌의 도움을 얻으려 하는 것이 마음에 들지 않을 가능성이 농후합니다. 따라서……."

그의 성향을 토대로 앞으로의 상황을 미루어 짐작해 봤을 때.

"그놈이 일단 쳐들어올 확률이 높다. 이 말인가?"

"그렇습니다."

한주혁의 머릿속에 그림이 그려졌다.

'왕국은 나를 천천히 말려 죽일 생각으로 접근하고 있다.'

왕국에게 불행한 것은, 한주혁 역시 그와 같은 생각을 하고 있다는 것 정도. 어쨌든 왕국의 작전은 그러했는데, 시르티안의 분석에 따르면 4대장이 따로 움직일 확률이 높았다.

한주혁이 씨익 웃었다.

"왕국의 스탠스와는 별개로 4대장이 군사를 일으켜 먼저 달려올 확률이 높다 이거군."

와주면 좋지. 씨익 웃는 한주혁을 보며 시르티안이 조금 걱정했다.

"주의하셔야 합니다."

좀 걱정이 됐다.

"너무 쉽게 끝내시면 곤란합니다. 주군의 예상보다 훨씬 더 많이 힘을 아끼셔야 할 것입니다."

그 말인즉슨 전력을 다하지 말라는 말이다.

"대충 치라는 말이지?"

"대충 쳐도 안 됩니다. 제가 근래에 들은 말 중, 가장 기억에 남는 말이 있습니다."

그것은 바로 희대의 유행어.

"푹찍푹찍 푹억푹억입니다."

"그게 NPC들한테도 퍼졌나?"

"주군께서는 퓩도 하시면 안 됩니다. 장난으로 던진 돌에 개구리가 맞아 죽는 법입니다."

시르티안의 표정은 굉장히 간절했다. 그는 속으로 기도했다.

'주군. 성전을 위하여. 위대한 보복전쟁을 위하여. 멀리 보고 멀리 보고. 또 멀리 보고 천천히 가서야 합니다. 대충 치서도 안 됩니다. 퓩도 안 됩니다. 아가 다루듯. 살살 다뤄주십시오……!'

이렇게 주문했다.

"세뇌하셔야 합니다. 귀여운 애기들이라고."

시르티안의 예상은 정확했다.

4대장 중 한 명. 불칸을 대표하는 기사인 청은은 씩씩댔다.

"국왕폐하께서는 우리 4명을 믿지 못한다는 것인가?"

"아무래도 그런 것 같습니다."

"어찌 플레이어 따위 하나를 처리하는 데 또 다른 플레이어의 도움을 얻는단 말입니까?"

"그따위 플레이어는. 제가 한 손으로도 처리할 수 있습니다."

불칸뿐만 아니라, 나머지 3대장 역시 마찬가지였다. 그들은 국왕의 선택을 존중하기 힘들었다.

파라스의 남쪽. 넬칸을 대표하는 기사인 이본이 말했다.

"제가 먼저 일기토를 신청하여 놈을 꺾고 오겠습니다. 국왕 폐하께서도 일기토는 이해하실 것입니다."

4대장은 회의를 마친 뒤, 각각 영주에게 보고했고 4대장을 철석같이 믿고 있는 영주들은 그것을 허락했다. 만약 절대악을 잡을 수 있다면 참 좋은 거고, 실패해도 어차피 큰 타격은 없을 테니까.

4대장이 동쪽과 서쪽. 그리고 북쪽과 남쪽에서 각각 군사를 이끌고 파라스를 포위했다.

시르티안의 예상대로 워프 방해장을 펼쳐서 절대악이 도망치지 못하도록(그들은 절대악이 도망칠 수도 있다고 생각했다) 결계를 쳤다.

불칸의 기사 '청은'이 투덜거렸다.

"전략의 전자도 모르는 놈과 싸워야 한다니."

만약 자신이었다면 파라스 영지는 포기했을 거다. 전략적 요충지로서 한참이나 자격 미달이다. 지키기는 힘들고, 얻어봤자 군사적 가치가 떨어지는 곳이니까.

'그런 등신 때문에 왕국에 소란이 일다니.'

이것은 결코.

'납득할 수 없고 용납할 수 없다.'

막사를 쳤다. 그 막사 안에서 넬칸을 대표하는 이본이 자리에서 일어섰다.

"이 만두가 식기 전에. 놈의 목을 따오겠습니다."

이본이 파라스 영지의 성을 향해 걸어갔다. 그리고 외쳤다.

"발록 무서운 줄 모르는 오크 같은 놈아. 네가 감히 내 검을 마주할 용기나 있겠느냐?"

만약 용기가 있다면.

"네가 내 앞으로 나와 단 20번이라도 내 공격을 받아낸다면 네 승리로 인정해 주마."

물론 그럴 리 없을 것이다. 이본은, 플레이어들 중에서 최강 자라 하는 이들을 몇 번 만나본 적 있다.

저놈이 아무리 강해도 자신의 상대라 할 수는 없다. 플레이어 따위에게. 어떻게 NPC가 진단 말인가. 그것도 자신쯤 되는 NPC가 말이다.

그가 당당하게, 또다시 외쳤다.

"지금 당장 튀어나와 용서를 빈다면 목숨만은 살려주겠다. 네놈들이 그토록 두려워하는 델리트는 면할 수 있을 것이다."

그의 목소리에는 자신감이 가득 차 있었다. 여유로운 상태로 성문 기준, 약 100미터 앞에 서서 검을 뽑았다.

앞으로 무슨 일이 벌어질지. 전혀 예상하지 못한 채.

11장
차세대 마법병기

"지금 당장 튀어나와 용서를 빈다면 목숨만은 살려주겠다. 네놈들이 그토록 두려워하는 델리트는 면할 수 있을 것이다."

그 말에 한주혁은 기뻐했다.

"이야. 대장전을 신청하네."

이것 참. 좋다.

"마성격을 쓸 필요도 없고."

실수로 마성격을 썼다가는 저놈들이 데려온 군사들이 일시에 날아가는 수도 있다. 시르티안이 강조했다. 대충이라도 치면 안 된다고. 푹찍푹찍 푹억푹억의 역사가 언제나 늘 옳은 것만은 아니라고.

"시르티안. 특별히 내게 할 주문은?"

"최대한 화려하게. 최대한 어렵게 이기시면 됩니다."

한주혁이 고개를 끄덕였다.

'살살 애간장 타도록 만들면 되는 거 아냐?'

저쪽에서 생각하기에 조금만 더 하면, 조금만 더 하면 이쪽을 꺾을 수 있을 정도로 느끼게 해주면 되는 거 아니겠는가.

불칸의 기사. 청은은 성문이 열릴 리 없다고 생각했다.

애초에 그는 절대악을 불러내기 위해서 이런 허세를 부린 게 아니었다.

'성이라는 유리한 지형을 포기하고 나올 리는 없겠지.'

그가 앞으로 나선 이유는 절대악더러 진짜로 나오라는 얘기가 아니었다. 다만, 나오지 않았을 때 자존심을 살살 긁기 위함에 가까웠다.

그런데 성문이 열렸다. 말 위에 올라탄 청은은 열리는 성문을 쳐다보며 씨익 웃었다.

'생각보다 더한 멍청이군.'

진짜로 앞으로 나오다니.

"말은 어디 있느냐?"

"말은 없어도 돼."

청은은 고개를 끄덕였다. 가끔 저런 미친놈들이 있다.

"기병을 상대로 말도 없이 싸우겠다는 뜻인가? 그 용기만큼은 가상하구나."

"너. 좀 세냐?"

한주혁은 계속해서 청은을 향해 걸었다. 어떻게 하면 이놈을 최대한 자극하면서 싸울 수 있을까.

-스킬. 평범하지 않은 강력한 주먹을 사용합니다.
-데미지 감소율을 100퍼센트로 설정합니다.

살짝 스쳤다가 죽기라도 하면 안 되지 않는가. 적당적당히
해야 하는데, 어느 만큼이 적당한지 몰라 일단은 100퍼센트로
설정했다.

'너무 세게 쳐도 안 돼.'

그러면 고통이 고스란히 전해지니까.

'싸움 한 번 하는 게 이렇게 어렵네.'

청은은 자신의 대검을 높이 들어 올렸다가 검 끝으로 한주
혁을 가리켰다.

"이곳이 네놈의 제삿날이 될 것이다."

불칸의 이름난 기사. 불칸을 대표하는 청은과 플레이어를
대표하는 절대악이 파라스 영지 앞에서 격돌했다.

수많은 플레이어들이 영상을 보며 열광했다.

-절대악의 기본 베이스는 권술가인 것 같음.

-그래서 맨 처음에 평타로 유명세를 떨친 것 아니겠음?

지금 이 장면은 JTBN은 물론이거니와 세계 각국에서 파견된 기자들에 의해 생생하게 전달되고 있다.

이름난 방송국은 아니지만, 개인방송을 진행하는 핵초리도 파라스 영지를 찾아왔다.

-형님들. 절대악의 몸이 한 3개쯤 되는 것 같지 않습니까?

핵초리는 잠시 넋 놓고 절대악의 움직임을 살폈다.

"놈! 쥐새끼처럼 잘도 피하는구나!"

청은이 대검을 좌에서 우로. 크게 휘둘렀다. 한주혁의 몸을 가볍게 숙여 그 검을 피해냈다. 좌에서 우로 향하는 푸른색 궤적이 남았다. 그와 동시에 한주혁이 무릎을 살짝 구부렸다.

용수철이 튀어 오르듯. 한주혁이 순식간에 청은과의 거리를 좁혔다.

"감히 어딜!"

유명한 기사답게 청은은 좌에서 우로 휘둘렀던 거대한 대검을 재빠르게 회수하여 세로로 들어 올렸다.

까아앙-!

속이 텅 비어 있는 쇠파이프를 둔탁한 망치 같은 것으로 내리친 것만 같은 소리가 터져 나왔다.

절대악의 주먹과 청은의 검이 맞부딪치면서 난 소리였다. 한 주혁이 뻗었던 주먹을 빠르게 회수했다. 방금 내지른 왼 주먹은 말 그대로 페인팅이었다. 방어를 유도하여 허점을 만든 뒤.

'옆구리.'

오른쪽 옆구리에 허점을 발견했다.

'아차.'

너무 정확하게 꽂아 넣으면 놈이 고통 때문에 제대로 싸우지를 못할 거다.

'살살 쳐야지.'

나름대로 힘 조절했다.

픽!

살살 친다고 쳤는데 꽤 큰 격타음이 울렸다.

옆구리를 얻어맞은 청은이 검을 들어 올렸다.

"걸렸다."

청은의 생각으로, 옆구리를 내준 것은 자신의 완벽한 전략이었다. 놈이 생각보다 훨씬 화려한 움직임을 보여주고는 있으나 숙련된 권법가는 아니었다.

'겉만 화려한 놈.'

플레이어들의 눈으로 보면 엄청나게 화려한 공방의 향연이었지만, 청은은 이렇게 생각했다.

'네놈은 특출한 재능과 신체 능력으로 발광하는 어린아이일 뿐.'

그래서 일부러 틈을 내줬다.

'살을 주고 뼈를 취하리라!'

놈의 정수리가 보였다. 정수리를 향해 검을 내리쳤다. 베려는 것이 아니다. 둔기처럼 사용했다. 황소마저도 뇌진탕을 일으켜 죽일 수 있다.

그는 자신의 검이, 자신을 배신하지 않을 거라 확신했다.

후우웅-!

커다란 파공성이 들렸다.

'어?'

파공성이 들리면 안 됐다. 무언가가 터지는 듯한 격타음이 들렸어야 했다.

'빗나갔다고?'

있을 수 없는 일이었다. 틈을 완벽하게 봤다. 이 타이밍이었으면 피할 수 없는 타이밍이었다.

어느새 거리를 벌린 한주혁이 중얼거렸다.

"아. 이거 힘드네."

힘들었다. 이럴 줄 알았으면 권법 같은 거라도 익혀놓을 걸 그랬다.

'아니. 근데 권법 익혀도 어차피 제대로 치면 안 되니까.'

현재 그는 파천보법과 괴물 같은 신체능력을 바탕으로 전투를 이끌어가는 중이다. 실수로 잘못 치면 자신에게 너무 유리해질까 봐 아주 많이 봐주고 있다.

플레이어들은 절대악의 그 말을 오해했다.

-절대악에게 힘든 상대도 있었음?

-절대악은 왜 큰 기술 안 씀?

-절대악은 주먹 말고도 엄청난 기술들이 많이 있을 텐데.

사람들은 이렇게 추측했다.

-그 작은 기술을 사용할 수 있는 틈이 보이지 않는 것이 틀림없음.

-아주 잠깐이라도 찰나의 틈이라도 있어야 큰 기술을 쓸 텐데. 그걸 쓰려다가 되레 반격당할까 봐 못 하는 거 아니겠음?

-도대체 저 NPC가 뭔데?

-불칸이라는 곳의 기사라고 함. 파라스를 둘러싸고 있는 네 영지의 기사들 중 가장 강력한 기사임.

사람들이 보기에 절대악과 청은의 결투가 어느덧 10분이 넘어갔다. 10분째가 되었을 때. 한주혁의 오른 발등이 청은의 목을 정확하게 가격했다.

갑옷으로 가리고 있었지만 그 충격이 상당했는지, 말 위의 청은의 몸이 흔들렸다.

-어? 절대악이 방금 제대로 한 방 먹인 듯.

말 그대로 순간이었다. 한주혁은 그 상태로 몸을 돌려 왼발 뒤꿈치로 청은의 투구를 내리찍었다.

-와. 대박이다.
-무슨 태권도쇼 보는 것 같은데?
-CG 아님? 이거 실화임?

사람들은 당연히, 절대악이 레전드급을 뛰어넘는 어떠한 권법 같은 것을 익혔으리라 생각했다. 지극히 당연한 생각이었다.

-어? 떨어진다.
-이대로 끝나는 거 같은데?
-역시 절대악은 절대악이다. 와. 그냥 할 말이 없다. 대박이다 그냥.

청은이 말 위에서 떨어졌다. 순간적으로 정신을 잃었다.
철푸덕!
청은은 바닥에 떨어져 몇 바퀴나 굴렀고 그것을 본 나머지 3대장이 자신의 말을 이끌고 총알처럼 튀어나왔다.
그 모습을 본 한주혁은 몸을 돌려 성문 안으로 다시 들어갔다. 곁에서 보기에, 아무리 절대악이라고는 해도 4대장을 한꺼번에 상대할 수는 없다고 판단한 것처럼 보였다.

어쨌거나 1차전은 절대악의 승리였다.

정신을 차린 청은은 부끄러워서 얼굴이 시뻘게졌다.

"내 반드시 놈의 목을 따버리고 말겠소."

"……."

그가 생각하기에 정말 아까웠다. 조금만 더 빈틈을 잘 노렸다면 충분히 놈을 죽일 수 있었을 거다.

"놈의 주먹과 발차기가 빠른 것은 틀림없으나 파괴력은 거의 없었소."

그런 주먹과 발차기에 얻어맞아 정신을 잃었지만 그것은 잠시 생각하지 않기로 했다. 실제로 그의 H/P에는 어떠한 영향도 없었으니까.

"그대들이 나를 구하러 오지 않았어도. 나는 놈을 이길 수 있었을 거요! 내가 비록 잠시 정신을 잃기는 했지만 H/P가 멀쩡하지 않소! 놈에게는 내게 치명상을 가할 수단이 없단 말이오."

"잠시 진정하십시오. 저희가 조금 성급했던 모양입니다."

3대장은 한참이나 청은을 달래야 했다.

'어지간히도 자존심이 상한 모양이군.'

'그놈. 잠자는 사자의 코털을 건드렸어.'

'이 분노는 어지간해서는 가라앉지 않을 모양인데.'

불칸의 기사인 청은이 당했다.

당당하게 일기토를 신청했는데, 무기도 들지 않은, 말도 타고 있지 않은 플레이어에게 패배했다. 이 소식은 불칸에도 전해졌다.

"믿을 수가 없군."

불칸의 영주는 자신의 동생인 청은이 패배했다는 사실을 받아들이기 힘들었다.

"내 동생이 패배를 했다고?"

이를 바드득 갈았다.

"무슨 비겁한 수를 쓴 거지?"

"현재 파악 중입니다."

진짜 실력으로 동생을 이겼을 리는 없다. 그는 자신의 동생이 가진 힘을 믿었다. 마법 통신을 통해 동생과 연락해 봤다.

아니나 다를까 동생인 청은은 굉장히 분노했다.

-형. 나는 놈을 절대 용서할 수 없어. 그놈이 비겁하게 마비독을 사용했어.

그렇게밖에는 설명할 수 없었다. 그는 자신의 패배 요인을 그러한 외부의 요인이라고 생각했다.

-역시 그럴 줄 알았다. 그렇지 않고서야 플레이어 따위가 어떻게 너를 이긴단 말이냐?

불칸의 기사 청은은 좀처럼 화를 가라앉히지 못했다.

군사들과 플레이어들이 보는 앞에서 무시당했다.(실제로 무시 당하지는 않았으나 그는 무시당했다고 느꼈다.) 자존심이 상해도 너무 많이 상했다.

-형. 그거. 사용할 수 있지?

-그것이라함은…… 내가 생각하는 그것 말이냐?

-왕국에서는 놈을 고사시키려고 하는 것 같은데. 그런 걸로 는 내 분이 풀리지 않아. 놈을 먼지보다 잘게 잘게 부숴 버려 야겠어.

마법통신을 끊은 불칸의 영주는 생각에 빠졌다.

'이걸……. 사용해 볼까?'

불칸의 기사. 청은이 3대장을 불러모았다.

"불칸에서 비밀리에 개발 중인 마법병기를 사용할 예정이오."

"마법병기 말입니까?"

3급과 2급도 소용없다고 했다. 불칸에는 그보다 높은 급의 마법병기가 없을 텐데.

"더 정확히 말하자면 마법과 과학이 융합되어 있는, 차세대 마법병기요."

"과학…… 말입니까?"

에르페스 제국에도 과학이 나름대로 발전을 해왔다.

마법문명 때문에 과학이 꽃피우지는 못했지만, 그래도 과학은 과학 나름의 영역을 구축하고 있었고 최근에는 마법과 과학을 융합시키려는 시도를 많이 해왔다.

"이번에 성좌의 도움으로 인하여 6차 실험까지 만족할 수 있었소. 실험결과는 대성공이었으며 실전배치도 가능할 것이오."

3대장은 깨달을 수 있었다.

'신무기를 시험해 보려는 것이로구나.'

신무기가 어떤 건지는 몰라도 불칸 혼자 개발했을 리는 없다. 아마 굴타 왕국의 적극적인 지원이 있었을 터.

"차세대 마법병기라. 그게 무엇입니까?"

"이름은 뉴클리안이오. 마법 촉매제를 사용하여 강력한 폭발을 일으키는 차세대 신무기라 할 수 있소."

실험을 무려 6번이나 했단다. 그렇다면 어느 정도 검증은 되었을 터.

"그런데 왜 여태까지 공개하지 않았습니까?"

"파괴력이 너무 강력하기 때문이오."

불칸의 기사. 청은이 '뉴클리안'에 대해 간략하게 설명했다. 그 설명에 3대장은 우려를 표했다.

"그 말이 사실이라면……. 너무 위험하지 않습니까?"

"죄 없는 영지민들까지 몰살당할 수 있습니다."

하지만 청은의 의지는 확고했다.

"놈은 물론이거니와. 그곳에 붙어먹은 배신자 놈들까지 한꺼번에 불태워 죽일 수 있을 것이오. 지금 놈이 먹고 있는 음식은 누구에게서 나오는 것이겠소? 다 그 빌어먹을 배신자들에게서 나오는 것이오."

빌어먹을 배신자라고 보기에는, 파라스의 영주인 갈튼이 너무 빨리 도망쳤을 뿐이지만 청은은 그렇게 생각하지 않았다.

"절대악 놈을 죽일 수만 있다면 그깟 벌레들이 좀 죽어도 무슨 상관이겠소?"

청은의 의지는 확고했다. 그대로 밀어붙였다. 결국 '뉴클리안'을 사용하기로 결정했다. 물론 이것에는 굴타 왕국의 암묵적인 허락도 있었다.

차세대 마법병기. 코드네임 뉴클리안이 세상에 공개되었다. 그 순간에. 청은은 확신했다.

이 뉴클리안이 절대악의 목숨줄을 완전히 끊어놓을 수 있을 거라고. 적어도 그 순간까지는, 그렇게 확신했다.

코드네임 뉴클리안. 불칸이 주도적으로 실험하고 개발하고 있는 차세대 마법병기다.

굴타 왕국의 왕인 신피앙은 내심 기대했다.

"실제로 사용하는 것은 처음이지?"

"그렇습니다. 뉴클리안이 어느 정도의 파괴력을 보여줄지. 보시면 알 것입니다."

"좋아."

신피앙은 고개를 끄떡였다. 마음에 든다. 바깥세계의 과학 문명이라 하는 것과 이쪽세계의 마법문병을 융합하는 것은 쉽지 않았다. 지난 200년간 수없이 시도해 왔지만 성공한 적이 거의 없었다. 그나마 이번에 성공한 것이 바로 '뉴클리안'이다.

뉴클리안은 마법진을 통해 구동된다. 상당히 큰 마법진이 필요하다. 수준급에 이른 마법사가 최소 10명 이상이 필요하다. 그 마법진을 통해 거대한 쇳덩이를 워프시켜 목표점을 타격한다.

그 마법진과 쇳덩이를 일컬어 '뉴클리안'이라고 부른다.

"이것이 뉴클리안의 본체인가?"

"그렇습니다. 마법사들의 소환의식을 통하여, 목표지점에 이것을 워프시킵니다."

"이 쇳덩이가 그렇게 강력한 파괴력을 낼 수 있다고?"

"단순한 쇳덩이가 아닙니다. 이것은 강력한 파괴력을 내는 바깥세계의 과학기술이 융합되어 있는 물건입니다. 이것을 탄두라고 부릅니다."

과학문명을 통해 이룩한 무기. 거기에.

"이 안의 폭발물을 터뜨리는 데에 필요한 것이 바로 흑마법입니다."

"흑마법? 그건 좀 위험한 거 아닌가?"

금지된 마법이라고 보기에는 어려웠지만, 그래도 NPC들도 꺼리는 것이 흑마법이다.

"탄두 안에 들어 있는 폭발물질이…… 흑마법 외에는 반응하지 않아서 어쩔 수 없이 내린 결정이라고 합니다."

"……그렇군."

흑마법이 활성화되면서 강력한 폭발을 일으킨다.

"그 이후 증폭된 흑마법이 주변 땅을 오염시킬 것입니다."

"1차적으로 폭발 피해를 일으키고, 2차적으로 마법 피해를 일으킨다는 뜻인가?"

"그렇습니다. 폭발로 인한 피해도 크지만 마법 피해가 더욱 큽니다. 강력한 저주의 마법으로, 마법력에 직접 닿은 자는 그 자리에서 사망할 것이요, 간접적으로 노출된다면 정상적인 생활을 이어갈 수 없을 것입니다."

신피앙은 고개를 끄덕였다.

"좋군."

게다가 이 차세대 마법병기의 장점은 폭발력을 조절할 수 있다는 거다. 자신이 원하는 만큼만, 폭발물질인 '울라늄'을 넣으면 되었으니까.

"불칸에서 뉴클리안 사용을 요청하고 있습니다."

"좋다."

사실 굴타왕 신피앙도 차세대 마법병기의 위력이 궁금했다.

'제국의 허락도 있었겠다.'

사실 제국도 암암리에 허락했다. 절대악을 죽여도 된단다. 겉으로는 일단 일시적 평화상태를 유지하고는 있지만, 제국도 절대악을 그다지 좋아하지 않는 것으로 파악이 됐다.

'죽어도 내 원망은 말거라.'

사실 불칸의 '뉴클리안'은 불칸 혼자서 만든 것은 아니다. 불칸이라는, 왕국 규모도 아닌 작은 영지에서 그것을 혼자 만들수는 없다. 굴타왕의 암묵적 도움이 있었고, 제국의 지원이 있었다.

그리고.

'플레이어 놈들에게 이런 능력이 있을 줄이야.'

플레이어들의 도움이 없었다면 결국 뉴클리안을 완성시키지 못했을 거다. 뉴클리안을 완성시키는 것에는 성좌를 비롯한 성좌가 데려온 플레이어들의 도움이 컸다.

"지금 당장 사용해라."

얼마간의 민간이 피해가 예상되기는 하지만 그런 건 중요하지 않았다. 그것보다도 신무기 시험이 더 중요하지 않겠는가.

'제국을 뛰어넘지는 못하더라도……!'

이 무기만 제대로 개발해서 가지고 있다면, 그것을 과시할수만 있다면 제국도 무시하지 못하는 일류왕국으로 거듭날수 있을 거다. 그가 생각하는 뉴클리안이란, 그 정도의 힘과 가치를 가지고 있었다.

혹여 잘못되더라도, 책임은 불칸이 질 거다. 어차피 대외적으로 뉴클리안 개발은 불칸이 주도적으로 한 것이니까.

'뉴클리안의 위력을 똑똑히 보여줘라.'

시르티안이 고개를 갸웃했다.

"이상합니다."

저들이 처음에 대장전을 걸어올 것은 예상했었다. 불칸의 기사인 청은이 주도하여 그렇게 할 것을 이미 알고는 있었는데.

"저들이 군사를 물리고 있습니다."

"어째서지?"

"파악하기가 어렵습니다."

군사를 갑자기 물리고 있다. 한주혁도 이상하게 생각했다. 내가 분명히 살살했는데. 이 정도면 충분히 이길 수 있을 것만 같은 착각을 하게 만들어줬는데.

'뭐지?'

시르티안은 현재의 상황을 단순한 상황으로 해석하지 않았다.

"불칸의 기사. 청은의 평판은…… 미친놈입니다."

"그래 보이더군."

"그 미친놈이…… 이렇게 쉽게 군사를 물렸다는 건 납득하기가 어렵습니다."

만약 윗선에서 지시가 내려왔었다고 해도, 청은이 이렇게 쉽게 그 지시를 받아들였을 리는 없다. 만약 윗선의 강압적인 지시였다면, 분명 어떤 소동이 일었을 텐데 그것도 아니다.

"결국 청은 스스로가 이러한 결정을 내렸을 확률이 큽니다. 아니면 윗선의 생각과 청은의 생각이 똑같거나."

"그 생각이라 하면……."

한주혁이 잠시 눈을 감았다. 미친놈이라고까지 불리는 청은이 플레이어와 NPC들이 보는 앞에서 개망신을 당했다. 그냥 물러섰을 리는 없다.

"이쪽을 쳐부술 수 있는 어떤 계략이 있는 걸 텐데."

"그 계략이 자신들에게까지 영향을 끼칠 수 있는 것일 확률이 큽니다."

한주혁은 그게 무엇인지 감이 오지 않았다.

1급 마법병기. 그것을 뛰어넘는 어떤 마법병기라도 발사하려는 건가.

-스킬. 광역 탐지를 사용합니다.

그러나 광역 탐지를 통해 살펴봐도 어떠한 마나의 기운이 느껴지지 않았다. 멀리서 발사하는 마법병기는 아닌 것 같았다.

-스킬. 심안을 사용합니다.

심안을 사용해서 주변을 훑어봤는데 별다른 특이점을 보이지 않았다.

'꿍꿍이를 알 수가…… 응?'

그런데 무언가 이상함을 느꼈다. 마나 흐름이 조금 이상했다.

'워프진?'

워프진이 열리는 것 같은 기분이기는 한데 워프진은 아니었다. 일반적인 워프와는 뭔가 달랐다.

'소환?'

이 느낌은 플레이어나 NPC의 워프보다는 소환에 가까운 느낌이었다. 정확하게 알 수는 없지만 그랬다.

'이쪽으로 무언가를 소환한다라?'

그런데 그때. 알림이 들려왔다.

-대군주의 칭호를 확인합니다.

-위명을 확인합니다.

-위명을 가진 대군주로 인정됩니다.

한주혁이 인상을 살짝 찡그렸다.

'굳이 아는 걸 다시 확인해?'

그것도 뭔가 이상함을 느낀 이 순간에?

"주군. 왜 그러십니까?"

"……"

한주혁이 대답하지 않자 시르티안이 한 발자국 뒤로 물러서서 한주혁의 대답을 기다렸다. 한주혁의 표정이 진지해진 까

닭이다.

알림이 이어졌다.

-카리스마 수치를 확인합니다.

카리스마 수치는 이미 전에 확인했다. 한주혁이 억지로 올려놔서 414의 놀라운 수치를 기록하고 있다.

-카리스마 수치 400 초과를 확인합니다.
-위대한 이름. 위명과 높은 수치의 카리스마를 확인하였습니다.

여기까지면 특별할 것이 없었다. 그런데 알림은 여기서 끝이 아니었다.

-위명과 카리스마를 가진 대군주를 보호하기 위한 1회성 시스템이 발동합니다.
-대단히 위험한 상황을 감지합니다.
-조속히 안전한 곳으로 대피할 것을 권고합니다.

단순한 알림이 아니었다. 한주혁의 시야에 담기는 모든 세상이 붉은색으로 변했다.

삐-! 삐-! 삐-! 삐-!

이것은 명백한 경고음이었다.

'이건 진짜 위험한 거다.'

한주혁은 오래 생각하지 않았다.

"시르티안. 나를 따라와."

일단 성을 벗어나기로 했다. 이거. 느낌이 많이 안 좋다. 다행히 이곳에 천세송을 비롯한 다른 플레이어들은 없는 상황.

"알겠습니다. 주군."

-스킬. 파천보법을 사용합니다.

전력을 다해 파천보법을 펼쳤다. 놀라운 것은, 전력으로 파천보법을 펼치는 한주혁을, 행정형 NPC인 시르티안이 뒤처지지 않고 따라오고 있다는 것.

한참이나 멀리 떨어졌을 때. 거대한 폭발음이 들려왔다.

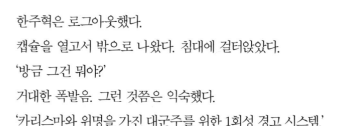

한주혁은 로그아웃했다.

캡슐을 열고서 밖으로 나왔다. 침대에 걸터앉았다.

'방금 그건 뭐야?'

거대한 폭발음. 그런 것쯤은 익숙했다.

'카리스마와 위명을 가진 대군주를 위한 1회성 경고 시스템.'

위명과 대군주는 그렇다 치더라도. 카리스마 수치는 최근에, 퀘스트 요건을 만족하기 위하여 400 이상으로 올렸다.

'제우스가 이런 상황을 예측하고 카리스마 수치를 올리도록 권고한 건가?'

모르겠다. 저쪽 세계의 신인 제우스가 누구의 편을 든다는 것도 이상하고.

'아니. 편을 든다기보다는……'

제우스가 안배해놓은 것들을, 한주혁 자신이 잘 캐치하여 제대로 진행하고 있다는 것에 가까울 것이다.

한주혁은 자신의 등을 살펴봤다.

'땀이 났어?'

상당히 긴장을 했던 것 같다.

'이 정도 거리를 벌렸는데도……'

H/P가 상당히 많이 떨어졌다. 얼추 절반 이상은 떨어져 내린 것 같다. 만약 경고 알람을 듣고 바로 움직이지 않았다면 죽었을지도 모르겠다.

'단순한 죽음이 아니라 델리트되었을 수도 있겠어.'

얼마 후. 한주혁은 정황을 알 수 있었다. 불칸의 기사. 청은이 대대적으로 지금의 상황을 광고하고 나섰으니까. 로그아웃을 한 상태인 한주혁은 올림푸스 매니아를 통해 실시간으로 정보를 파악했다.

'새로운 마법병기.'

그것은 흑마법을 동반하는 마법병기였다.

'이름이 뉴클리안?'

현실의 뉴클리어와 이름이 비슷했다.

'이건, 우연이냐, 아니면 필연이냐?'

강력한 폭발을 내는 마법병기의 이름이 뉴클리안이라니. 이 게 단순히 우연일까.

'아니. 우연이 아냐.'

우연은 아닐 거다. 이미 대공이 저쪽 세계에서 이쪽 세계에 영향을 끼치는 방법을 연구해 왔었다. 예전에 실제로 살해당 한 플레이어들이 존재하지 않았는가. 반대로, 이쪽 세계에서 저쪽 세계에 영향을 끼치는 방법도 있을 터.

'일이 재미있게 흘러가네.'

파라스 영지는 완전히 초토화됐다. 성벽 자체가 사라져 버 렸다. 아니, 그곳은 완전히 황폐화되어 버렸다. 살아 있는 생물 을 찾아볼 수 없었다.

방문이 벌컥 열렸다.

"오빠! 괜찮아?!"

한세아였다. 한세아도 지금 올림푸스 매니아를 통해 소식을 접했다. 지금 절대악의 생존 여부가 핫이슈였다. 한국은 물론 이고 전 세계에 지금의 상황에 주목했다.

뉴클리안. 차세대 마법병기. 그것의 위력은 어마어마했다. 아예 살아 있는 생물체가 단 하나도 남지 않았으니까.

"어. 난 괜찮아. 다행히 좀 미리 피했거든."

"지금 인터넷에서 난리도 아냐. 오빠 죽었는지 살았는지."

한주혁은 안 죽었다. 잠시 로그아웃했을 뿐이다. 직접적으로 공격을 받지는 않았지만, 간접적인 노출만으로도 피로도가 굉장히 많이 쌓였기 때문이다.

한주혁은 컴퓨터 화면을 살펴봤다.

'이 새끼들…… NPC들까지 전부 죽여 버렸네.'

절대악을 잡기 위해, 파라스 영지의 모든 NPC들을 죽여 버렸다. 아예 먼지로 만들어버렸다. 한주혁도 NPC를 죽이지 않는 건 아니지만, 그래도 아무 이유도 없이 마구 죽이지는 않는다. NPC도 나름대로 인격을 가진, 저쪽 세계의 주민들 아닌가.

완전히 사람과 같다고 볼 수도 없긴 했지만 또 그렇다고 아무 이유도 없이 학살하기는 좀 꺼려진다.

'NPC들은 NPC를 사람으로 볼 텐데.'

그렇게 설정되어 있는 것이 일반적이다. 지구의 사람이 사람을 보듯. 올림푸스의 NPC도 NPC를 그렇게 본다.

한세아가 고개를 갸웃했다.

"파라스 영지 전체에 흑마법이 지나치게 퍼져 있어서 징벌 차원에서 사용했다는데?"

한주혁은 거기서 확신했다.

불칸, 그리고 그 뒤의 굴타 왕국. 이놈들 작정했다.

"흑마법?"

"응. 흑마법. 그것도 그냥 흑마법이 아니라…… 고대의 악마. 스카이데블의 흑마법이래."

절대악이 스카이데블의 절대자라는 사실은 전혀 모른다. 이건 그냥 단순히, 민간 NPC들마저 학살한 것에 대한 명분을 얻기 위함이다.

"그래서 그 땅이 지금 흑마법으로 완전히 물들었대. 아무도 살 수 없는 땅이 됐다는데?"

"이를테면 방사능 같은?"

"어. 맞아. 그래서 사람들도 난리야. 뉴클리안이랑 뉴클리어랑 무슨 연관이 있는 거 아니냐고."

한주혁이 씨익 웃었다.

"스카이데블의 흑마법?"

아무래도 안 되겠다.

"세아야."

"응?"

"오빠 좀 화났다."

아니. 사정을 좀 봐주려고 했더니. 이거 좀 안될 거 같다. 제국이 중간에 간섭하지 않도록. 천천히 야금야금, 굴타 왕국을 집어삼키고 이후 제국과의 전쟁을 위한 교두보로 만들려고 했었다. 이제 그런 거 모르겠다.

한주혁이 말했다.

"그냥 존나 패야겠다."

"응?"

"제국이 말릴 새도 없이 존나 빨리 패면 되잖아. 그렇지?"

그 말을 남긴 채. 한주혁은 다시 올림푸스에 로그인했다.

그것이 바로 새로운 폭풍의 시작이었다.

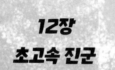

12장
초고속 진군

불칸의 보고체계는 상당히 잘 만들어져 있는 축이었다.

"절대악이라 추정되는 자가 성벽 앞에 모습을 드러냈습니다."

한주혁이 불칸의 성 근처에 모습을 드러내고 몇 초 지나지
않아 그 보고가 불칸의 기사 청은에게 올라갔다. 현재 영주는
굴타 왕국의 수도로 잠시 올라가 있는 상태.

청은은 인상을 살짝 찡그렸다.

"하룻강아지가 범 무서운 줄 모르는구나."

그러면서도 문득 의아해했다.

'뉴클리안의 폭발 속에서 어떻게 살아남았지?'

뉴클리안의 폭발 시, 로그아웃이라는 걸 했다 치더라도 이
건 납득하기가 어렵다.

그렇다면 다시 돌아왔을 때 흑마법의 저주 때문에 살아남

지 못했을 거다.

정확히 예측하기는 어렵지만 짧게는 몇 달, 길게는 수십 년 동안 파라스에서는 생명이 살 수 없을 것이다. 로그아웃을 했던 절대악이 다시 로그인을 했다 치더라도 살아 있다는 것은 이상했다.

'잠시 볼일을 보러 빠져나가 있던 상황인가?'

그렇게 생각하기도 좀 어려운 측면이 있었다.

'물 샐 틈 없이 경계를 하고 있었는데.'

뉴클리안 폭발 범위 밖에서 경계를 철저히 하고 있었다. 절대악이 도망치지 못하도록. 애초에 빠져나갈 수 없도록 통로를 철저히 차단하고 있었다.

그나마 가능성이 있는 거라곤.

"부관. 파라스 영지에 깊이 10미터 이상의 지하시설이 있나?"

깊이 지하로 피신했다가 매우 빠른 속도로 탈출했다는 가능성밖에는 없었다.

'그러고 보니 놈에게는 꼬꼬라는 비행형 몬스터가 있었지.'

지하에 숨어 있다가 아주 빠르게, 그 꼬꼬라는 비행형 몬스터를 타고서 죽음의 땅 파라스를 탈출했다면 얘기가 성립된다. 그나마 가장 현실성 있는 가능성이었다.

'그 폭발을 맨몸으로 피해냈다는 건 불가능하니까.'

그의 상식으로는 불가능했다. 파라스 영지를 단 한 번의 폭발로 궤멸시킨 파괴력 아니었던가.

"갈튼 백작님에게 물어봐야 알 수 있을 것 같습니다. 현재로서는 파악이 어렵습니다."

"뭐. 어찌 됐든 좋아. 마법 확성기를 준비해."

현재 이곳의 책임자는 불칸의 위대한 기사. 청은이다. 영주가 없는 지금. 청은이야말로 이곳의 왕이나 다름없다. 청은의 명령에 따라 부관이 마법확성기를 준비했다.

마법확성기를 통해 청은이 말했다.

-나. 불칸을 대표하는 불칸의 기사 청은은, 흑마법을 전파하여 파라스의 수많은 동포들로 하여금 피의 학살을 불러온 절대악을 적극적으로 규탄하는 바이다!

일대일. 대장전은 의미가 없다. 저번에 한 번 패배했었기에 또 일대일로 싸우고 싶지는 않다.

이제는 명분도 있다. 일반 흑마법도 아니고, 더러운 흑마법인 '스카이 데블'의 흔적을 남긴 종자. 절대악과는 1:1로 싸우지 않겠다고, 청은은 그렇게 얘기했다.

-파라스 영지를 불바다로 만들고 나서도 이곳까지 찾아온 무도한 무식에 경탄을 보내야 할 것 같구나.

한주혁은 그 말을 묵묵히 들으며 걸었다. 딱히 대꾸할 필요를 못 느끼겠다.

-뉴클리안의 무자비한 폭격으로 네놈의 일족을 멸할 것이며 끝없는 절망으로 얼룩진 불바다의 밤을 경험하게 될 것이다.

마성격의 범위까지 다가간 한주혁이 그제야 입을 열었다.

"핵을 쏴? 네가 사람 새끼냐?"

뉴클리안이나 뉴클리어나. 뭐 어쨌든 거기서 거기지. 한주혁은 그냥 편의상 뉴클리안을 핵이라고 부르기로 했다. 바로 사용했다.

-스킬. 마성격을 사용합니다.

일부러 사용하지 않고 있었다. 마성격. 한주혁이 그 스킬의 봉인을 풀었다.

검은색 마창이 불칸의 성벽을 공격하기 시작했다.

-영지전의 원리도 모르는 무식하고도 용감한 행동을 하······.

청은은 순간 당황했다. 보고가 올라왔기 때문이다.

"성벽이 곧 무너질 것 같습니다."

보고가 아니어도. 청은도 눈으로 확인하고 있다.

'성벽이?'

든든한 성벽이 무너지고 있었다.

"성벽을 보수하라!"

마법사들이 긴급 투입되었다. 성벽을 보수할 수 있는 특별한 마법사들. 그들의 마나가 성벽의 내구도를 다시 끌어올리기 위해 마나를 끌어 올렸다.

'놈의 공격은 오래가지 못해.'

어떻게 플레이어가 이런 공격을 할 수 있단 말인가. 어떻게 혼자서 성을 이토록 공격할 수 있단 말인가.

'그 소문이 사실이었나?'

소문에 의하면 절대악은 혼자서 성벽을 부수며, 혼자서 영지전을 승리한다고 했었다. 그래서 플레이어들 사이에서는 대군주라는 별칭까지 얻었다고 했다.(사실 별칭이 아니라 시스템이 인정하는 호칭이지만, 청은이 가진 정보로는 그랬다.)

'그럴 리가!'

그럴 리 없다. 어떻게 플레이어가 그런단 말인가. 불과 얼마 전만 해도 자신과 비등비등한 전투를 치르지 않았던가.

'사실일 리 없다!'

믿지 않았다. 저건 일시적인 공격이다. 저 정도의 공격을 계속해서 진행할 수 있을 리 없다.

"무리입니다."

"성벽이 곧 무너집니다!"

성벽은 오래 버티지 못했다. 성벽을 보수하는 마법사들도 성벽을 보호하지 못했다.

불칸의 기사 청은이 검을 들어 올렸다.

'제기랄!'

뉴클리안은 쓸 수가 없다. 여기서 뉴클리안을 썼다가는 자신도 죽는다. 이곳이 초토화될 거다. 그렇게 되면 몰살이다.

"놈은 성벽을 부수는 특출한 능력을 가졌을 뿐. 그 이상도 이하도 아니다!"

그러면서 한편으로는 부관에게 조용히 명령했다.

"원군을 요청해."

주변의 세 영지. 파라스의 동쪽. 서쪽. 그리고 남쪽의 영지에 도움을 요청했다. 남쪽인 넬칸을 제외하면 빠르게 원군을 보내올 수 있는 위치다. 워프 포탈도 활성화되어 있고.

'최후에는……!'

최후에는 불칸도 버릴 작정을 했다. 물론 그러려면 영주의 허락이 있어야 했다.

"나는 잠시 영주님과 통신을 하고 돌아오겠다."

～

불칸의 기사. 청은이 진지한 표정으로 말했다.

-놈에게 숨겨진 한 수가 있었습니다.

-그 정도인가?

한 차례, 절대악에 의해 자존심이 뭉개졌던 청은이 저렇게까지 말할 정도면 절대악에게 정말 한 수가 있기는 있었던 모양이다. 불칸의 영주는 청은의 말을 들었다.

-이곳을 내주고, 불칸에 뉴클리안을 떨어뜨리는 것도 고려하셔야 할 것 같습니다.

-내 영지를?

불칸의 영주는 인상을 잔뜩 찡그렸다. 아무리 생각해도 그건 아닌 것 같다.

-그럴 수는 없지.

그래서 다른 방법을 강구하기로 했다.

-절대악의 본거지 중 하나인 푸르나를 날린다.

-푸르나에 뉴클리안을 사용합니까?

-그것으로 적당한 경고가 되겠지.

뉴클리안은 차세대 마법병기. 불칸이 자랑하는 위대한 무기다. 그 무기를 통해 절대악을 압박할 수 있을 거다.

-공격은 네놈만 할 수 있는 것이 아니라는 것을 알려줘라.

불칸 영주 혼자만의 생각은 아니었다. 이러한 모든 내용은 굴타 왕국의 왕과 사전에 협의가 된 내용이었다. 만에 하나라도, 소문으로 알려진 절대악이 가지고 있는 능력이 진짜라면 아예 본거지 중 하나를 날려 버리자는 계획을 세웠다.

-푸르나를 공격할 뉴클리안은 이미 준비를 끝마쳤다.

그 말에 청은도 자신감을 가졌다.

-알겠습니다. 불칸을 최대한 사수하겠습니다!

만약 사수하다가 실패한다면 워프 포탈을 타고 다른 곳으로 피신하면 된다. 청은이 씨익 웃었다. 제삼자가 봤다면 야비함에 가까운 웃음이었다.

'불칸을 얻었으나 본거지를 잃은 놈의 표정이 궁금하군.'

지하 밀실에서 영주와의 연락을 끝낸 청은이 자신만만한 표정으로 밀실의 문을 열었다.

'상황이 어떻게 진행되고 있지?'

위로 올라가 봐야 알 것 같았다. 그런데 이상했다.

'왜 이렇게 조용해?'

한창 전투로 시끄러워야 했는데. 시끄럽지가 않았다. 조용했다. 밀실이야 소음차단 마법으로 조용하다 치더라도, 이것은 좀 이상했다.

"네가 사람 새끼냐?"

그와 동시에 이어지는 별폭풍. 청은은 실제로 별폭풍을 봤다.

번쩍!

무언가가 빛났다. 외부에서 빛의 폭발이 있었던 게 아니었다.

"크아악!"

청은은 눈두덩이를 붙잡고 바닥을 굴렀다.

"너도 NPC 아니냐?"

"이곳까지는 어떻게 들어온 것이냐!"

한주혁이 씨익 웃었다. 들어오는 거. 별로 어렵지 않았다. 그렇게 치밀하게 설계되지 않은 밀실이라 그냥 쉽게 찾아왔다.

"내가 좀 세거든."

심안. 광역 탐지. 그리고 악의 추적. 이 세 가지 스킬이면 이 정도는 껌이다. 물론 마성격을 활용한 성 빼앗기는 이미 이골이 났고.

"좀 봐주니까 많이 기어오르더라."

한주혁이 주먹을 들어 올렸다.

"많이 만만했지?"

"건방이 하늘을 찌르는구나!"

저번에 싸웠을 때는 분명 호각이었다. 검을 빼 들었다.

"네놈을 죽여주마!"

도대체 어떻게 된 건지는 모르겠다. 어쩌면 성 위에서 누군가가 배신을 했을지도 모를 일이다. 배신을 했다면 지금 이 상황이 이해가 된다.

'도대체 누가?'

나가서 배신한 놈의 목을 베어버리리라 다짐했다. 한주혁이 말했다.

"갈 때 가더라도. 많이 맞고 가야 때깔도 곱지."

"네놈의 헛바닥부터 잘라주마! 나의 날 선 검에 자비란 없으니!"

한주혁이 파천보법을 펼쳤다. 거리를 좁혔다. 그리고 허공에 주먹을 휘둘렀다.

'그래. 그럼 그렇지.'

한주혁이 가볍게 웃었다. 청은은 스크롤을 써서 도망쳤다.

어차피 놈을 이 자리에서 진짜로 죽일 생각은 없었다. 뉴클리안 같은 것을 청은이라는 놈 혼자서 만들 수 있을 리 없다.

놈은 말 그대로 겉에 드러난 곁가지다. 결국 몸통을 쳐야 한다. 지금 놈을 죽이는 것은 어렵지 않으나 일단은 살려 보냈다. 어디로 도망쳤을지는 뻔했다.

어차피 굴타 왕국의 어딘가로 도망치지 않았겠는가.

"열심히 도망쳐 봐."

도망치는 속도가 빠른지. 때려 부수는 속도가 빠른지. 한 번 시험해 보기로 했다.

-시르티안. 청은이 도망쳤다.

-이제 굴타 왕국에는 일대 혼란이 일어날 것입니다.

청은이 정말로 도망쳤다는 것은 큰 사건이다.

불칸이 순식간에 붕괴되었다는 증거로 청은이 도망친 것보다 더 확실한 게 어디 있겠는가.

-지금 바로 워프 마스터를 파견하겠습니다. 현재 앱솔루트 네크로맨서께서 넬칸을 공략하고 계십니다.

한주혁에 묻혀서 그렇지 앱솔루트 네크로맨서 역시 집단전의 대가 아닌가.

한주혁이 넬칸으로 이동했다. 그와 동시에 넬칸이 함락됐다. 그에 따라 보복전쟁 퀘스트창이 업데이트됐다.

<보복 전쟁-일시적 평화 상태>

-업적

　1) 불칸 함락 (에르페스 제국. 굴타 왕국 소속.)

　2) 넬칸 함락 (에르페스 제국. 굴타 왕국 소속.)

넬칸의 기사도 놓아줬다. 어딘가로 도망쳤다.

천세송이 밝게 웃었다.

"나 먼저 다른 곳 치고 있을게."

아무래도 전쟁에 재미를 들린 모양이었다. 성벽을 부수는 게 재미있다나 뭐라나.

한주혁과 천세송 커플. 절대악과 앱솔루트 네크로맨서 커플은 순식간에 굴타 왕국의 영지들을 점령했다.

그 속도가 가히 전광석화라고 칭해도 부족함이 없을 정도였다. 올림푸스 매니아에 접속하는 전 세계 수억 이상의 사람들이 열광했다.

-성 하나 함락시키는 데 겨우 5분도 안 걸림.

-벌써 성 네 개 함락.

-미친 속도임. 누가 왕 대 왕이 싸우는데 이 정도 속도전이 가능하리라 생각하겠음?

말 그대로 순식간이었다. 한주혁의 진군(사실 진군이라고 보기에는 규모가 턱없이 작았지만) 속도는 상상을 초월했다.

-청은을 높아줬다던데.

-청은이 오히려 도망 다니면서 혼란을 가중시키고 있음.

-청은 때문에 적절한 대처가 안 된다 함. 타 영지 가서 이래라저래라 자꾸 명령을 늘어놓는 통에.

그것뿐만이 아니었다.

-청은이 교란작전을 펼쳐준 덕에 뉴클리안을 제대로 활용하지도 못하고 있다고 함.
-절대악의 위치를 찾는 것을 오히려 더 어렵게 한다던데.
청은이 살아 있는 것이 바로 일종의 교란이 되었다.
-청은 그 새끼 영상 봤음?

청은의 모습이 담긴 영상도 공개됐다. 발등에 불이 떨어진 사람처럼 이리 뛰고 저리 뛰는데, 평소에는 찾아볼 수 없던 다급함이 얼굴에 가득했다.
파라스에 쳐들어가 절대악더러 나오라며, 호령하던 청은의 모습은 완전히 사라져 버렸다.

-근데 사실 대처를 제대로 할 수 있기나 있겠음?
-일반 귀족들 성은 원샷원킬임.

그야말로 파죽지세.

-절대악은 일직선으로 왕성을 향해 진군하고 있다고 함.
-아니. 이미 도착했음.

절대악의 진격은 엄청나게 빨랐다. 에르페스 제국 역사를 통틀어서 가장 빠르게 진행된 전재이라고 해도 과언이 아니었다.

보고라인을 타고 올라가 현 상황이 보고되고, 제국이 그에 맞는 제스처를 취하기도 전에. 절대악이 너무 빠르게 움직였다. 이렇게 빠르게 점령전이 가능하다는 것을, NPC도 플레이어도 처음 알았다.

-와. 근데 절대악은 지치지도 않음?
-어떻게 저럴 수가 있지?

JTBN의 카메라에 절대악의 모습이 잡혔다.

이제는 왕성이다. 일반 성과 왕성은 그 규모부터가 다르다. 성벽에 걸려 있는 마법도 다르고, 성벽의 재질도 다르고, 성벽을 지키는 군사의 질도 다르다. 워프 포탈을 통해 왕성을 지키는 군사들도 속속들이 집결하고 있는 중.

-이번 판이 진짜다.
-대박이다. 이거 진짜 플레이어가 최초로 영지전 이기는 거 아님? 그것도 왕급 NPC를 상대로?

그리고 JTBN이 절대악의 모습을 잡은 직후. 왕과 왕의 전쟁이 정말로 시작되기 직전.

그 직전에 커다란 변화가 있었다.

세계 역사상 그 유례를 찾아볼 수 없을 정도의 빠른 진군에(물론 NPC와의 전쟁을 벌일 만큼의 간 큰 플레이어도 여지껏 없었지만) 사람들은 크게 놀랐다.

모든 나라의 상위급 플레이어들이 이 사건을 중요하게 보고 있지만, 그중에서도 특히 관심을 갖고 있던 로랑은 더욱더 감탄했다.

'벌써 수도인가.'

사실 뉴클리안이라는 차세대 마법병기를 접하고 나서 충격에 빠졌었다.

이것은 현실의 핵과 다를 것이 없지 않은가. 민간인까지도 무차별적으로 죽여 버리는, 말도 안 되는 전략 무기. 방사능 대신에 흑마법의 저주를 남기는 괴물 같은 무기.

'그런 무기를 상대로 살아남았다는 것도 신기한데……'

그런 무기를 맞자마자 불과 3시간이 채 되지 않아 반격에 나섰고, 반격에 나선 지 30분 만에 왕국의 수도까지 진출했다는 점은 로랑에게 큰 충격을 던져줬다.

'그야말로 하늘 위의 하늘이란 건가.'

요즘 중국은 힘들다. 모르골 제국의 플레이어 배척이 계속해서 심해지고 있기 때문이다.

정확한 의도까지는 모르겠지만 그들은, 플레이어들을 노예화하는 프로젝트를 이미 시작한 것 같기도 했다. 일단 흑흑 연합의 로랑은 그렇게 판단했다.

'NPC는 귀족. 상위급 플레이어는 노예 관리인. 그리고 대다수 플레이어는 노예.'

아무래도 그렇게 양상을 이끌어갈 것 같다. 플레이어들끼리도 급을 나누어 서로 싸우게 하려는 움직임이 곳곳에서 포착되고 있다.

로랑이 입술을 살짝 깨물었다.

"절대악이 왜 한국인인가."

중국에서 태어났다면, 중국의 이 위기를 훨씬 수월하게 풀어나갈 수 있었을 텐데.

'여러모로 머리가 아프군.'

머리가 아파 왔다.

중국의 문제만으로도 머리가 아픈데, 지금은 미국까지 나서서 말썽이지 않은가. 미국에서는 미국의 이익을 최우선으로 한다는 자칭 우파들이 요즘 득세하고 있다. 문 타이거 등장 이전의 중국인들을 보는 것만 같았다.

'미국은 미국 나름대로 힘들겠어.'

최근 미국에서 힘을 얻고 있는 세력들은 절대악마저도 배척해야 한다고 말하고 있다.

수많은 전문가들이 '무조건적인 친화정책을 펼쳐야 한다'라고 주장했지만, 그보다 훨씬 많은 수의 대중이 '절대악이 우리 미국의 이익을 빼앗아간다'라고 주장했다. 당연히 또 많은 숫자의 대중이 '아니다. 절대악 덕택에 카를로스 평야를 구할 수 있었던 사실을 잊었나?'라고 주장하기는 했지만.

'우리 중국의 수순을 밟지 않기를 바란다.'

어쨌든 미국은 넓은 땅덩이만큼이나 다양한 사람이 존재했고 저소득 백인들을 중심으로 하여 우경화 현상이 일어나고 있는 중이다.

"NPC들이 핵까지 만들어내다니."

뉴클리안이라는 다른 이름이지만, 로랑이 보기에는 영락없는 핵이었다. 현실판 핵과는 약간 다른, 올림푸스판 핵.

'변화가 격렬해지고 있어.'

변화가 점점 빠르게 진행되고 있다. 200년간, 안정기나 다름없었던 올림푸스 세계가 급변하고 있다.

'그런 차세대 무기를 불칸이라는 작은 영지에서 만들었다?'

있을 수 없는 일이다.

'결국은……'

이건 순전히 그의 개인적인 예상이지만.

'에르페스 제국이 뒤에 있다.'

에르페스 제국이 뒤에서 불칸을 지원했을 거다. 표면적으로는 불칸이 개발했지만 결국 그 핵의 소유권은 에르페스에 있을 거다.

'대공.'

에르페스의 대공이라는 인물. 범상치 않다. 예전에는 한국 플레이어들을 잡아다가 생체실험을 했었고, 이번에는 핵을 만들었다. 그러한 가운데 NPC의 왕과 플레이어 왕이 격돌하여 영지전을 벌이고 있다.

"단순히 절대악 개인의 클래스 시나리오가 아냐."

절대 아니다. 지금 세계의 변화가 그의 손에 달려 있다. 적어도 흑흑 연합의 연합장 로랑은 그렇게 판단했다.

미국의 우경화 현상. 중국 내 모르골 제국의 변화. 에르페스 제국의 핵 보유. 이 모든 것들이 절대악과 연관이 있다.

그리고 로랑은 또 한 가지 사실에 집중했다.

'제우스는 한국의 여의도에 위치한 돔에 위치해 있다고 알려져 있지.'

왜 하필이면 한국일까?

'그리고 왜 하필이면 에르페스 제국을 중심으로 하여 변화가 일어나고 있지?'

세계의 변화는 에르페스 제국과 모르골 제국. 이 두 제국이 주도하고 있다고 해도 과언이 아닐 정도다. 그리고 그 중심에 '대공'과 '절대악'이 있다. 곁가지로 성좌들도 있고.

여러 가지 생각을 하던 로랑은 문득 한 가지 가정을 떠올렸다.

"혹시 뉴클리안의 사거리가 제한되어 있지 않다면."

그렇다면.

'나라면…….'

지금 절대악을 상대하기보다는 절대악의 본거지를 노릴 거다. 절대악에게 사용할 수는 없다. 왕궁의 수도도 위험해지니까.

'푸르나?'

푸르나에 핵을 쏠지도 모르겠다는, 그런 생각을 했다. 고립된 영지인 파라스와 달리, 푸르나에는 수많은 플레이어가 존재한다. 혹시라도 핵을 맞게 되면? 그 핵에 델리트 능력이 포함되어 있다면?

'절대악이 추락할 수도 있어.'

엄밀히 따지면 개인(절대악)의 영지전 때문에, 수많은 플레이어가 죄 없이 희생될 수도 있다는 얘기다.

조심하지 않고 마구잡이로 진행한 퀘스트 때문에. 수많은 사람들이 절대악에게서 등을 돌리게 될 거다.

그러면 안 된다.

'연락을 해야 돼.'

황급히 강재명에게 연락을 넣었다. 푸르나 역시 공격의 대상이 될 수 있다고. 그렇게 말해줬다. 수화기를 통해 이런 대답이 들려왔다.

-말씀은 감사합니다만 이미 대비를 끝냈습니다.

3시간 전.

푸르나에 입성한 시르티안이 12장로를 전부 호출했다. 지금 아서 대륙을 탐사하느라 연락이 닿지 않는 제9장로 팬더를 제외한 11장로가 한자리에 모였다. 그 자리에는 한주혁도 함께였다.

시르티안이 말했다.

"뉴클리안이라는 것이 만들어졌습니다."

주군의 말을 빌리자면, 이것은 '핵'이라고 했다. 그 핵에 대해서 간략하게 설명했다.

"놈들이 푸르나를 노릴 확률이 매우 높습니다."

뿐만 아니라 시간이 지나면.

"푸르나를 덮친 이후. 주군 소유의 영지들에 마수를 뻗칠 확률이 큽니다."

그게 문제였다. 현재 푸르나의 영지 등급은, 한주혁의 능력에 힘입어 몇 단계나 격상되었으며 강력한 성벽으로 보호받는 중이다. 거기에 그 성벽은 다시 한번 마성격이라는 사기급 스킬로 보호받고 있다. 그런데 과연 안전할까.

"완전한 안전을 보장하기가 어렵습니다."

시르티안이 이렇게 말할 정도면, '핵'이라는 것이 엄청나게 강력하다는 소리다.

"제 생각에…… 베르디에게 방법이 있을 것 같습니다."

11장로와 한주혁의 시선이 베르디를 향했다. 베르디가 고개를 끄덕였다.

"제게 강력한 성벽 전용 방어마법이 존재하기는 한답니다. 아직 실전에서 써본 적은 한 번도 없지만요."

그런데 문제가 있었다.

"성벽의 범위가 워낙에 크다 보니……. 제 스스로의 신체능력만으로는 한계가 있사와요."

그 말인즉슨.

"매우 높은 등급의 몬스터 스톤이 필요하답니다."

"……."

한주혁은 순간 불길해졌다. 베르디 정도 되는, 최상급 NPC가 말하는 '매우 높은 등급'의 몬스터 스톤이란 어느 정도인가.

'레드 스톤만 되었어도…….'

그랬어도 베르디는 한 번쯤 실전에서 사용했을 거다. 베르디쯤 되면 레드 스톤을 얻는 게 그리 어렵지 않으니까. 그런 베르디가 실전에서 단 한 번도 사용하지 않고, 이론만 완성시켜 놓은 방어마법이라니.

한주혁은 매우 침착하게, 평정을 유지하면서, 겉으로는 대단히 위엄 넘치는 군주와 같은 자세로 입을 열었다.

"필요한 것이 블랙 스톤인가?"

"……송구하게도 그렇사와요. 제 실력으로는 블랙 스톤 없이 방어마법을 펼치는 것이 불가능하답니다."

"블랙 스톤을 지원해 주겠다."

괜찮다. 많이 쓰기는 했지만 그래도 저번에 500개 얻지 않았는가.

왠지 재고량이 쭉쭉 떨어지는 기분이 들기는 했지만, 지금은 그게 중요한 때가 아니었다. 아무리 남의 땅 먹어봐야, 본진이 털리면 의미 없지 않은가.

"제 예상으로는……. 10개 정도는 필요할 것 같사와요."

"……."

한주혁은 아주 잠깐. 말을 잇지 못했다.

'그래.'

그렇다. 핵을 막기 위한 거다. 핵우산이다. 핵우산인데. 핵우산을 위해 블랙 스톤 10개 정도는 쓸 수 있는 거 아니겠는가.

이왕에 지원하기로 마음먹은 것. 최대한 멋진 모습을 보여주기로 했다.

"지원하겠다. 네 마법의 위대함을 보여라."

"시르티안 장로님이 말한 것처럼, 강력한 폭발이 있다면 스카이데블의 냄새마저도 모조리 없앨 수 있을 것이어요."

베르디의 얼굴이 붉어졌다. 주군이 자신을 믿어주는 것 같아서 기뻤다.

"심장이 콩닥콩닥거려요. 주군께서 베르디를 믿어주시고 사랑해 주셔서, 저는 가슴이 간질간질하고 너무나 기쁘답니다!"

시르티안이 거기에 한마디를 더 보탰다.

"아직 한 번밖에 경험하지 않아 뉴클리안의 능력을 정확하게 판단하기가 어렵습니다. 베르디의 능력을 믿지 못하는 것은 아니나……. 좀 더 확실한 방비책이 필요할 것 같습니다."

"그 방비책은?"

한주혁도 그 방비책을 떠올렸다. 현재로서는 얼마나 강한지 감도 제대로 오지 않는, 한주혁이 경험한 NPC들 중 가장 강력한 NPC의 힘을 조금 빌리는 것도 괜찮지 않겠는가.

'데미안.'

데미안을 푸르나로 잠시 초대하기로 했다.

불칸의 기사 청은은 쫓기고 쫓겨 결국 수도까지 들어왔다.

"송구합니다."

청은은 아무런 말도 하지 못했다. 굴타 왕국의 국왕도 청은을 질책하지는 못했다. 그도 보고를 받아서 알고 있다. 청은이 약한 게 아니라, 절대악이 지나치게 강했다.

"플레이어들 사이에 돌고 있던 모든 소문이 진실이었구나."

혼자서 성벽을 깨부순다. 영지전의 달인이다. 혼자서 수십만을 학살한다. 기타 등등.

그런 말도 안 되는 영웅담이 진실이었다. 청은만 그걸 안 믿은 게 아니다. 모두가 안 믿었다. 믿지 않았다가 이 꼴이 났다.

굴타의 국왕이 청은에게 명령했다.

"내 너의 무위를 익히 잘 알고 있다. 이것을 내릴 테니 나가서 절대악과 싸워라."

청은은 그 말을 이해했다. 시간을 끌라는 얘기였다. 이미 뉴 클리안은 사용 준비를 끝마쳤을 거다. 곧 푸르나를 향해 발사될 것이 틀림없었다.

"이것은……!"

레전드급 아이템.

"우리 왕가에 대대로 전해지는 갑옷이다. 이것의 힘을 빌린다면 놈을 묶을 수 있을 것이다."

이 전쟁의 발단이 된 갈튼 백작은 침을 꿀꺽 삼켰다.

'뭔가 느낌이 안 좋아.'

수도의 성은 일반 영지의 성과는 그 급 자체가 다르다. 같은 성벽이라고 해도, 비교 자체가 미안할 정도의 뛰어난 내구도를 가진다. 당연하다. 무려 '왕'이 기거하는 왕성을 지키는 성벽이니까.

원래대로라면 지금 자신이 긴장할 필요는 전혀 없었다. 이곳은 여태까지 절대악이 무너뜨린 영지와는 차원을 달리하는, 훨씬 높은 등급의 영지니까.

'절대 지면 안 돼.'

잘못해서 지면, 다른 사람은 몰라도 자신만큼은 절대 살아날 수 없다. 절대악의 여자를 모욕하지 않았는가. 자신은 무조건 죽는다. 그래서 갈튼 백작이 말했다.

"불칸의 기사, 청은. 나 역시 가보를 빌려드리도록 하겠소.

반드시 놈을 무찔러 주시오."

갈튼이 '실피드'라 이름 붙인 신발 하나를 건넸다. 청은의 눈이 커졌다.

'레전드급……!'

레전드급 아이템을 두 개나 하사받았다. 이 정도면 저 괴물 같은 절대악과도 잠깐은 해볼 만할 것 같았다. 시간만 조금 끌면 된다. 그 정도는 할 수 있다. 그것도 못하면, 그 이름도 뛰어난 청은의 이름이 아깝지 않겠는가. 그는 스스로 그렇게 생각했다.

'잠깐만 시간을 번다.'

그러면 뉴클리안이 푸르나를 타격할 것이고, 그렇게 되면 절대악은 허둥지둥 손발이 뒤엉키게 될 것이다.

'플레이어들이 아무리 날고 기어봤자.'

그래봤자.

'뛰는 놈 위에 나는 놈이 있다는 사실을 뼈저리게 알려주마.'

놈의 능력은 인정한다. 그러나 겁 없이 왕성 바로 앞까지 진격한 것은 너무 무모했고 지나치게 행동이 앞선 거다. 전쟁은 저딴 식으로 하는 게 아니다.

'빠른 진격만이 능사가 아니라는 사실을.'

지금 너는 이 자리에서 깨닫게 될 것이다. 레전드급 아이템 두 개를 착용한 청은은 입술을 깨물었다.

'세상의 비웃음거리로 만들어주마.'

바깥세상에서도 너는 쓰레기로 낙인찍히게 될 것이다. 사리사욕 때문에 수많은 플레이어가 델리트당하게 될 것이다. 그렇게 알려질 것이다.

성문 앞에 도착한 한주혁이 씨익 웃었다.

"왕국 수도의 성이 얼마나 단단한지."

안 그래도.

"궁금했었다."

한주혁도 처음 공격해 본다. 이 정도 등급의 성을 공격하는 건 그로서도 완전히 처음. 결과가 어떻게 나올지. 벌써부터 궁금했다.

그때 한주혁에게 귓말이 들려왔다.

-핵이 감지되었습니다.

12장로는 한주혁의 명령에 따라 뉴클리안을 '핵'이라 부르고 있다. 따라서 시르티안이 핵이 감지되었다고 보고를 올렸다.

-위치는 역시나 푸르나입니다.

예측에서 벗어나질 않는다. 놈들이 단순한 건지, 시르티안이 똑똑한 건지, 아니면 전쟁이라는 게 원래 이렇게 진행되는 건지, 그건 모르겠다. 중요한 건 예측한 것에 대하여 얼마만큼 잘 대비했느냐. 그거다.

-준비는?

-완벽합니다.

시르티안이 '완벽하다'고 표현했다. 그 말에 한주혁도 지체

하지 않고 마성격을 사용했다.

그와 동시에 놀라운 소식이 전 세계를 강타했다.

to be continued

Wish Books

9클래스 소드 마스터

이형석 퓨전 판타지 장편소설
WISHBOOKS FUSION FANTASY STORY

검성(劍聖), 카릴 맥거번.
검으로 바꾸지 못한 미래를 다시 쓰기 위해
과거로 돌아오다.

이민족의 피로 인해 전생에 얻지 못한 힘.

'이번 생에 그걸 깨주겠다.'

오직 제국인들만이 사용할 수 있었던,
그 힘을!

'나는 마법을 익힐 것이다.'

이제, 검(劍)과 마법(魔法).
두 가지의 길 모두 정점에 서겠다.

9클래스 소드 마스터: 검의 구도자

맛깅 현대 판타지 장편소설
WISHBOOKS MODERN FANTASY STORY

책 먹는 배우님

"재희야, 너는 왜 대본을 항상 두 권씩 챙기냐?"

하나는 촬영장에 들고 다니며 남들에게 보여주는 용도,
또 다른 하나는

[드라마 〈청춘열차〉가 흡수 가능합니다.]
[대본을 흡수하시겠습니까?]

내가 먹을 용도로 쓰인다.
나는 대본을 집어삼켜, 오로지 내 것으로 만든다.

책 먹는 배우님

대본을 101% 흡수할 수 있는 배우,
재희의 이야기.

Wish
Books

나는 될 놈이다

글쓰는기계 게임 판타지 장편소설
WISHBOOKS GAME FANTASY STORY

판타지 온라인의 투기장.
대장장이로 PVP 랭킹을 휩쓴 남자가 있다?

"아니, 어디서 이런 미친놈이 나타나서……."

랭킹 20위, 일대일 싸움 특화형 도적, 패배!

"항복!"

'바퀴벌레'라고 불릴 정도로
끈질긴 생명력을 가진 성기사조차 패배!

"판타지 온라인 2, 다음 달에 나온다고 했지?"

평범함을 거부하는 남자, 김태현!
그가 써내려가는 신개념 게임 정복기!

Wish
Books

우진 현대 판타지 장편소설
WISHBOOKS MODERN FANTASY STORY

다시 태어난 베토벤

1827년 한 남자의 죽음으로 고전 시대가 저물었다.

그러나
그가 지핀 낭만의 불씨가 타오르니
비로소 새로운 시대가 열렸다.

긴 시간이 흘러 찬란했던 불꽃도 저물어 갈 즈음.
스스로 지핀 불씨를 지키기 위해
불멸의 천재가 다시 태어났다.

〈다시 태어난 베토벤〉

마치 운명이 문을 두드리듯
힘차게 손을 뻗어 외친다.
"아우아!"